AF192315

Ingo Sylvester, geb. 1937 in Hamburg, ist gelernter, inzwischen pensionierter Industriekaufmann. Die Flüchtlingswelle des Jahre 2015 rief in ihm die Erinnerung an den 2. Weltkrieg und die Nachkriegsjahre zurück. Mit seiner Erzählung gibt er einen Einblick in das Leben und Erleben einer Hamburger Familie von 1937 bis 1952.

Bibliografische Information der Deutschen
Nationalbibliothek: Die Deutsche Nationalbibliothek
verzeichnet diese Publikation in der Deutschen
Nationalbibliografie; detaillierte bibliografische Daten
sind im Internet über dnb.dnb.de abrufbar.

Herstellung und Verlag:
BoD – Books on Demand, Norderstedt
ISBN: 9783756863068

Ingo Sylvester

Kind in wirrer Zeit

„Junge, wir schaffen das!"

Edition
Ingo Sylvester

Inhaltsverzeichnis

Vorwort

Tiefe, senkrechte Falten um Mund und Nase lassen den alten Mann oft missmutig erscheinen. Wenn seine Augen aber etwas erfassen, das seine Aufmerksamkeit erregt, dann beginnen sie zu sprechen, und die kleinen, leicht angespannten Gesichtsmuskeln verraten viel über seine innere Hinwendung zu den Mitmenschen.

Klein von Statur, ein wenig schwach wirkend, dennoch standhaft, wird ihm in Bus und Bahn jetzt häufiger ein Sitzplatz angeboten, den er bislang gern ablehnte, nun jedoch immer häufiger dankend akzeptiert. Sein introvertierter Blick hatte aber weder einen Sitzplatz noch die Aufmerksamkeit der freundlichen Fahrgäste gesucht. Oft sind es junge Migranten, die für ihn aufstehen.

Nur anfangs fand er das bemerkenswert. Dann stellte sich Johannes zu Hause vor den Spiegel, ihn und sich fragend:

„Sehe ich schon so alt aus?"

Als Kind nannte ihn niemand Johannes, man rief ihn einfach 'Hannes'. Sein Leben war zunächst unbeschwert und behütet, aber er lernte von klein auf Regeln und den Vorzug freiwilliger Anpassung kennen.

****

Vater, Mutter, Kind

Die ersten beiden Lebensjahre verbrachten er, Vater Thomas und Mutter Gertrude, genannt – Trude – glücklich, zufrieden und ein wenig stolz in der eigenen, modernen Wohnung in Hamburg.

Das kennt Hannes naturgemäß nur aus Erzählungen, und dazu gehört auch die Geschichte vom Grießbrei. Trude erzog und ernährte ihren kleinen Jungen streng nach dem Ratgeber *Die Mutter und ihr erstes Kind*. Aber Hannes schrie oft laut und lange. Schließlich suchte sie bei Dr. Thewes Rat.

Der Doktor diagnostizierte:
„Das Kind hat Hunger, geben sie ihm Grießbrei."
„Aber er bekommt doch noch die Flasche, er kann noch nicht vom Löffel essen", wandte Trude zaghaft ein.
„Tun Sie es, er kann es", war die kurze Antwort des Arztes.
Und in der Tat, begierig schnellte die kleine Zunge hervor, umschlang den Teelöffel und zog den Brei in den Mund. Ein Habitus, der die Mutter glücklich machte, und den Hannes so verinnerlichte, dass man ihn

noch heute beim alten Johannes erkennt. Erste Erinnerungen reichen in sein zweites und drittes Lebensjahr zurück; da musste der Vater schon als Soldat in den 2. Weltkrieg ziehen.

****

Mutter und Kind

Klein-Hannes krabbelte über Fußboden und Teppiche der Wohnung, die nun Mutter und Sohn allein nutzten. Gern verteilte der kleine Hannes seine Bauklötzchen und anderes Spielzeug großräumig; doch prompt kam die Ermahnung seiner Mutter:

„Hannes, die Wege müssen frei bleiben!"

So verzog sich der Junge bald unter Tisch und Stühle. Hier entdeckte er zum ersten Mal etwas Besonderes, das den Weg in die Welt wies. Es war das kleine, schwarze Firmenschild mit den beiden Buchstaben '*WK*' für Wohnkultur an der Innenseite der Stühle mit dem Worpsweder Bastgeflecht. Mutter konnte nicht nur dessen Sinn erklären, sondern schob die Kinderkarre auch gern vor das Möbelgeschäft am 'Neuen Wall'. Ein beliebtes Ziel – auch in späteren Jahren.

Abends saßen beide an dem viereckigen Couchtisch zum Abendbrot. Häufig war der Aufstrich Leberwurst, was einmal zu dem später oft wiederholten Dialog führte:

„Hannes, möchtest du noch ein Stück Brot?"

Und der erst Zweijährige rief lauthals:

„Ja, aber ... dicker Butter und ... Leberwurst."

Gerade dieses fehlende Wort 'mit' war es, das bei Familienfeiern später die ganze Familie in freudige Erinnerung an die schönen, fast sorgenfreien Jahre versetzte.

Sorgenfrei sollten die nächsten Jahre nicht werden, gab es doch schon bald einen anderen Dialog, der sich in Hannes Kopf festsetzte. Da ging es um das Thema 'Verdunkelung' wegen der zu erwartenden Fliegerangriffe. An diesem Abend war es spät geworden. Nach neun Uhr saßen sie noch beim Abendessen, als die Türklingel schellte. Die Mutter kam aus der Küche über den Flur gehastet und fragte vernehmlich:

„Wer ist da?"

„Luftschutzwart Knast, machen Sie auf."

„Wieso denn das?", erwiderte die Mutter.

„Sie haben nicht ordentlich verdunkelt."

„Habe ich doch, das geht nicht besser."

„Das werde ich Ihnen zeigen, öffnen Sie endlich!"

„Mache ich nicht, dies ist meine Wohnung, ich lasse Sie nicht ein, schon gar nicht am Abend gegen zehn Uhr."

„Dann muss ich Meldung machen."

„Tun Sie doch, was Sie nicht lassen können, und melden Sie sich auch gleich an die Front."

Nun blieb es still, doch Johannes spürt

noch heute die Aufregung seiner Mutter, wenn er sich an diese Szene erinnert.

Kinder äußern sich manchmal in einer Weise, die Ihre Eltern überrascht. So kam es bald zu folgendem Bonmot:

Zu Besuch war eine Nachbarin, die langatmig, aufgeregt und ausdauernd von sich erzählte und davon, wie sehr sie sich doch die Heimkehr ihres Mannes wünsche, der nun schon ein halbes Jahr im 'Felde' sei. Er müsse doch auch einmal Fronturlaub bekommen; und ob er sie überhaupt noch liebe? Post habe sie schon seit einem halben Jahr nicht mehr bekommen. Da hörte man den knapp Dreijährigen mit betonten Stimme unter dem Tisch sagen:

„Ein halbes Jahr keine Post? Oha!"

Die Nachbarin war pikiert, die Mutter innerlich amüsiert, ließ sich aber nichts anmerken. Der Redefluss versiegte, und die gute Frau wollte gehen.

„Junge komm hoch, sag unserer Nachbarin 'Tschüss', und gib ihr artig die Hand, das kannst du doch schon", sagte die Mutter. Allein, es half nicht viel; der Kleine nahm zwar allen Mut zusammen und kam hervor, blieb aber stumm und verschränkte die Hände fest hinter dem Rücken.

„Na, dann 'adieu' Frau Sydow", und das

gemurmelte 'unartiges Kind', waren für heute die letzten Worte der Frau.

Der Kleine saß gern auf der Fensterbank des schmalen Fensters im Vorderzimmer und blickte auf die Straße. Bald brachte ihn seine Mutter auch hinaus in den kleinen, umzäunten Vorgarten mit der Sandkiste.

Auch im angrenzenden Vorgarten gab es eine. Dort spielte ein größerer Junge mit seinem Spielzeugauto. Es war Gerhard, der Sohn des Kohlenhändlers Pott. Bald lernte Hannes, über das Gitter zu klettern, und beide Jungen entwickelten das Spiel

'Du warst nicht zu Hause!'.

Vermutlich hatte der Kohlenhändler erzählt, dass er nicht abladen konnte, weil niemand zu Hause war. Ein Telefon, das damals noch sehr selten war, kannten die Kinder, weil sowohl der Kohlenhändler als auch der Großvater von Hannes eines besaßen.

Beide Buben legten also in der Sandkiste ihre Wohnungen und ringförmige Straßen an. Auf Kommando ging es los. Dann fuhr einer links und der andere rechtsherum. Beim Haus des anderen angekommen, war der natürlich nicht da. So fuhren sie zurück und griffen zum imaginären Telefon:

„Hallo, wo warst du denn? Ich wollte dich besuchen."

„Ich war bei dir, aber du warst auch nicht da."

„Ja, klar ich war ja unterwegs zu dir. Na, dann bis morgen", klang es zurück.

Dieses Spiel wiederholten sie mehrmals. Am Gitter zur Straße stand Olaf – auch etwas älter als Hannes. Olaf durfte mitspielen, aber das Ritual 'Du warst nicht zu Hause!' klappte diesmal nicht so gut. Olaf druckste herum, sagte dann, nun müsse er nach Hause. Während er über das Gitter kletterte, bemerkte Hannes, dass sein Spielzeugauto fehlte und sah es in der Hand von Olaf, der gerade zur Straßenseite abstieg. Hannes schnappte sich seinen Kinderspaten. Schon hatte er das Gitter überwunden, stand eine Schrittlänge hinter Olaf und hob den Spaten über den Kopf, bereit, ihn über Olaf niedersausen zu lassen. Nur wildes Klopfen an der Fensterscheibe und lautes Rufen der Mutter bewirkten, dass er sich umblickte und in dieser Haltung verharrte.

„Junge, lass das, ich hole dir dein Auto zurück, du darfst ihn nicht hauen", rief die Mutter. Sein Gehirn arbeitete fieberhaft.

'Was ist zu tun? Vor oder zurück?' Sein Verstand wurde von der Entscheidung befreit. Das Gefühl übernahm die Führung. 'Du musst tun, was die Mutter sagt', riet es.

14

Langsam sank der Spaten zu Boden. Olaf lief unversehrt davon.

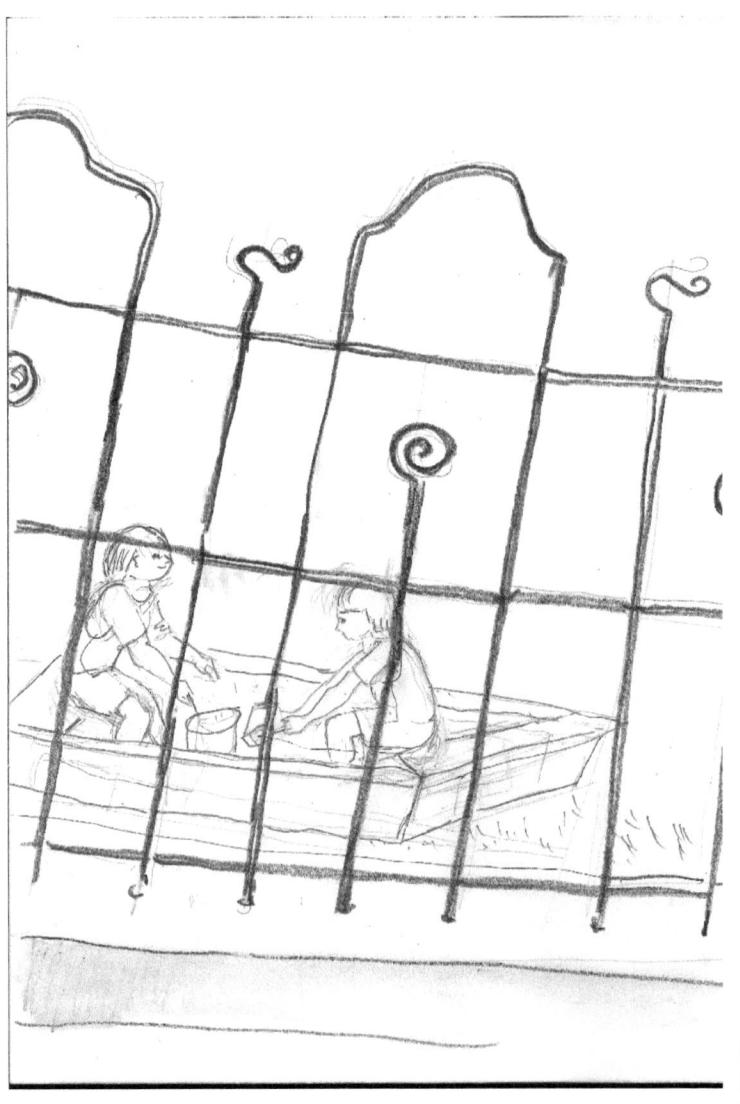

'Du warst nicht zu Hause!'
 Das Spiel *'Du warst nicht zu Hause!'* produzierte später noch ein anderes Ereignis. Irgendwann befanden die Sprösslinge, dass es langweilig sei, immer nur vorzutäuschen
        'Du warst nicht zu Hause!'.
 Da Gerhards Mutter jetzt tatsächlich nicht zu Hause war, und Trude hinten in der Küche wirtschaftete, machten sich die Kleinen allein auf den Weg. Gerard sagte:
 „Ich weiß, wo mein Vater sein Kohlenlager hat, da gehen wir hin."
 Den Park am Weiher kannten beide. Dann bogen sie in die Gärtnerstraße ein und liefen immer ihrer Nase nach. Schließlich schlug Gerhard vor:
 „Wir gehen in diesen Hinterhof, im nächsten ist das Kohlenlager meines Vaters."
 Mit Hilfe von Stuhl, Gartentisch und einem jungen Baum überkletterten sie die etwa zweieinhalb Meter hohe Trennwand, ließen sich auf den Steinkohlehaufen fallen, wechselten zu den Eierbriketts, krabbelten die Rückseite des Haufens hoch und rutschten auf der Vorderseite auf ihren 'vier Buchstaben' hinunter, direkt vor die eiserne Kohlenwaage. Der Gehilfe des Kohlenhändlers rief nur laut:

„Herr Pott, Herr Pott, kommen sie schnell."
Gerhards Vater fragte verblüfft:
*„Hat Mutter euch das erlaubt? Weiß sie,
dass ihr hier seid?"*
Die Antwort war nur ein verstohlenes
Kopfschütteln. Hinter den ermahnenden
Worten *„So etwas dürft ihr aber nicht!"* und
hinter dem erhobenen Zeigefinger verbargt
sich dennoch eine leise Freude und ein wenig Stolz über die Selbstständigkeit der
Knirpse. An die Feststellung:
„Ich kann euch hier nicht gebrauchen",
schloss sich die Frage an:
*„Und was mache ich nun mit euch Rabau-
ken?"*
Ja, das wussten sie auch nicht, und sie
fühlten sich ein wenig alleingelassen, als er
in sein kleines Büro ging. Er kam zurück
und wandte sich an Hannes:
*„Ich habe mit deiner Oma telefoniert. Da
ist auch deine Mutter, sie sucht dich schon."*
Dann schnappte er sich erst Hannes und
anschließend seinen Sohn, setzte sie auf
eine 'Schottsche Karre', schob sie vom Platz
und zur Oma von Hannes. Dort wurden sie
gründlich abgeseift und liefen als Hemden-
matze durch die Wohnung, während die ge-
waschene Oberbekleidung trocknete.
„Oma, dürfen wir Grammofon spielen?"

fragte Hannes.

„Na gut, ich lege eine Platte auf", antwortete sie. Dann durfte Hannes die Kurbel an
der Seite des schwarzen Musikschrankes
drehen, und es schallte Zarah Leanders
Stimme durch den Raum:

„Davon geht die Welt nicht unter, sieht
man sie manchmal auch grau …"

****

Vater kommt zu Besuch

Im Mai 1940 bekam Thomas Genesungsurlaub. Sein Körper hatte 200 Granatsplitter
eingefangen (wie man sagte), als er in
einen Schützengraben geschickt wurde. Ob
die Handgranate von Feindes- oder von
Freundeshand geworfen wurde, ist nicht be-
kannt. Der Lazarettarzt hatte gute Arbeit
geleistet, die Verletzungen waren nicht so
schwer und die Wunden heilten gut. Nun
freuten sie sich erst einmal. Weil Trude Geburtstag hatte, wurde der gute Wohnzimmertisch ausgezogen, weiß gedeckt, und
man feierte im Familienkreis. Man trank etwas aus den guten gesprenkelten, hellgrü-
nen Gläsern. Besonders lustig waren die Familienmitglieder, wenn sie sich mit kleinen
Stielgläsern zuprosteten und genüsslich
eine dunkelrote Flüssigkeit tranken.

Wenngleich vom Großvater bewusst igno-
riert, schaute damals noch die Hitlerbüste
vom Gläserschrank herunter. Hannes sah
dem Treiben interessiert zu und wartete auf
seine Chance. Die kam, als alle gingen und
nur Gemurmel vom Flur her den Raum füllte. Da kletterte er auf einen Stuhl, zog das
erste Likörglas heran und versuchte, mit
seiner kleinen Zunge den verbliebenen

roten Tropfen zu erreichen. Schmeckte aufregend süß. So krabbelte er von Stuhl zu Stuhl und vollzog jedes Mal die gleiche Prozedur. Am Tafelende war abrupt Schluss. Die Mutter kam herein, schlug die Hände über dem Kopf zusammen und rief:

„Kind, was machst du denn da? Du darfst das doch nicht!"

Da war er wieder, der Verweis auf Regeln. Dann schnappte sie ihr Kind, herzte es noch einmal und beide begannen aufzuräumen. Hannes durfte nicht nur beim Aufräumen helfen. Wie jede Mutter sorgte auch sie dafür, dass sich sein Horizont und seine Fähigkeiten rasch erweiterten, als der Urlaub des Vaters zu Ende war.   Bei Regenwetter – zum Beispiel – schauten sie aus dem Küchenfenster in den kleinen Hinterhof.

„Hannes, guck' einmal nach rechts, die Häuser dort haben viel größere Gärten, dort sind die Straßen weiter auseinander. Da würde ich auch gern wohnen; da kommt mehr Sonne hin."

Das verstand Hannes schon ein bisschen, denn dass man hier so wenig sah, wunderte ihn sowieso.

„Ja, das kommt, weil hier die Straßen spitz zulaufen, das ist die Rückseite vom Eppendorfer Weg", erklärte sie ihm.

„Und wie sieht es da aus?" wollte der kleine Hannes wissen.

„Wenn sich das Wetter bessert, zeige ich es dir", versprach ihm seine Mutter.

Es kam auch bald ein schöner Tag; aber noch konnte sie ihr Versprechen nicht ein- lösen. Es blieb nur die Zeit, um die Balkon- tür zu öffnen, und Hannes krabbelte die drei Stufen hinunter in den Hof. Er erhielt noch eine kurze Anweisung:

„Du musst schön in unserem Teil bleiben, darfst keine Blumen abpflücken, und hier an der Wand sind die Briketts für den Winter gestapelt. Darauf darfst du nicht herum- turnen, die fallen dann um. Hier unter der Plane steht das Motorrad von deinem Vater. Wenn der Krieg vorbei ist, fährt er mit dir durch Hamburg; aber das dauert wohl noch eine Weile."

Das Kind verstand und gehorchte. Etwas langweilig war es hier schon in der Enge und ohne eine Sandkiste wie vorn. Zum Glück klingelte bald Hans Kohl, ein großer Nachbarsjunge. Der fragte, ob Hannes auf seinem Fahrrad mitfahren dürfe. Das war doch fast so etwas, wie das eben Verspro- chene. Für den Vorschlag gab es von der Mutter ein 'Ja' mit der Einschränkung:

„Aber nur bis zur Kreuzung und um die

herum, dann kommt ihr wieder zurück."
Fahrradhelme gab es damals wohl noch
nicht, oder sie waren nicht üblich, jedenfalls
hatten die Kinder keine. Die Kreuzung gehörte ihnen sowieso allein, denn Autos waren noch so selten, dass ihnen nicht eines in
die Quere kam. Nur ein paar Frauen sahen
ihnen von weitem zu, wie sie ihre Runden
bis zur Erschöpfung drehten.

****

Jetzt sind sie zu dritt

Anfang 1941 bekam Hannes eine kleine Schwester, die Inge genannt wurde. Wenn Trude ihre kleine Tochter spazieren fuhr, lief Hannes tapfer mit, und die Mutter machte den Kleinen auf bestimmte Wegpunkte aufmerksam:

„Das hier ist die Drogerie, da kaufen wir Seife, Parfüm und so was. Drüben ist die Konditorei. Aber Kuchen und Torte gibt es nur, wenn wir feiern. Hier um die Ecke ist das 'Siloah', da bist du geboren worden."

Hannes prägte sich den Namen ein. Wenn später davon gesprochen wurde, verstand er stets *'Silor'*. Erst im Alter, bei einem Rundgang auf den Spuren der Kindheit entdeckte er die richtige Schreibweise und wunderte sich, dass dieser fremde Name die damalige nationalsozialistische Zeit überstanden hatte und für seine inzwischen verstorbene Mutter stets so selbstverständlich war.

Wenige Jahre später ging Johannes die Orte noch einmal ab. Die Drogerie hatte den Generationenwechsel oder die Konkurrenz mit den Filialisten nicht überstanden. Das Haus mit der Konditorei war renoviert worden und bot nun einem modernen Frühstückscafé Platz.

Vergeblich suchte er auch nach dem vertrauten Namen seiner Geburtsklinik. An der weiß gestrichenen Fassade des herrschaftlichen Stadthauses fand er ihn nicht mehr. Das machte ihn ein wenig traurig und nachdenklich. Eine Internetabfrage informierte ihn jedoch darüber, dass der Name *'Siloah'* in Hamburg auch heute noch für ganz besondere Gesundheitsleistungen steht.

$$****$$

Doch nun zurück in die Zeit seiner Kindheit! Wieder ging Hannes an der Hand seiner Mutter spazieren. Neue Straßennamen wurden ihm erklärt:

Am Weiher,

Im Gehölz,

Weidenstieg

und weitere.

Plötzlich wurde der Schritt der Mutter langsamer, Hannes stutzte, fragend blickte er zu ihr auf. Sie sah ihn mit einem stummen *'Das kann doch nicht wahr sein'* an.

Nun bemerkte auch Hannes den jungen Soldaten in der Ferne, riss sich los und lief lauthals *'Onkel Walter'* rufend in dessen ausgestreckte Arme. Dem Onkel waren ein paar Tage Heimaturlaub gewährt worden.

Im Winter 1941 klingelte der Postbote und lieferte ein Paket ab. Es war ein Feldpostpaket und roch auffällig nach Parfüm – viel intensiver als das 'Eau de Cologne', welches Mama gelegentlich aus dem Flakon mit dem Gummibällchen versprühte. Das Paket enthielt jedoch keine zerbrochene Parfümflasche, sondern einen braunen Plüschbären, der brummte, wenn man ihm auf den Bauch drückte. Er war nicht nur groß, kuschelig und weich, sondern verströmte auch jenen unwiderstehlichen Duft.

Hannes schloss das Plüschtier gleich in sein Herz und wollte es schier nicht loslassen. Später, wenn die Familie darauf zu sprechen kam, machte meist einer der Erwachsenen die verstohlene Bemerkung:

„Den Teddy hat Onkel Walter bestimmt in einem Etablissement bekommen."

Hannes wusste nicht, was das heißen sollte; ihm war das egal, er hatte ja ein liebenswertes Spielzeug.

****

Noch ein paar Wochen später klingelte es wieder, diesmal war es das Telefon. Freudig nahm Mutter das Telefon ab und sagte:

„Ja bitte, hier Sydow."

Der neugierig gewordene Hannes sah der Mutter auf die Lippen und spürte sofort, dass etwas nicht stimmte. Ihr Gesicht war aschfahl, als sie weitersprach:

„Ja, wie denn das? So, an der Westfront, auf dem Felde der Ehre gefallen. Ja, mehr weißt du auch nicht; ja, schrecklich, ich muss mich erst einmal hinsetzen. Ja, was soll ich da sagen? Einfach schrecklich, ja wir sehen uns."

„Mama, was ist los?"

„Ach, Kind, es ist schrecklich, Onkel Walter ist tot. Er kommt nie wieder."

„Dann habe ich nur noch seinen Teddy?"

„Ja, nur noch den."

✳✳✳✳

Im Frühjahr 1942 bekam Thomas noch einmal einen kurzen Heimaturlaub. Er, der sich an seinen Vater nur durch den letzten Tag vor dessen Einberufung in den ersten Weltkrieg erinnerte, wollte nun seinen Erziehungsbeitrag leisten.

Das entwickelte sich so: Er ging gut gelaunt mit der einjährigen Tochter im Wohnzimmer auf und ab, als er nach hinten in die Küche gerufen wurde. Also setzte er die sonntäglich gekleidete Kleine auf den Teppich und verschwand.

Hannes – wieder einmal auf seinem Lieblingsplatz unter dem Wohnzimmertisch – sah auf seine merkwürdig stillsitzende kleine Schwester. Er bemerkte, wie es unter deren Po nass wurde. Der Fleck weitete sich aus, dünne, klare Flüssigkeit bildete eine Pfütze auf dem Teppich und auf dem Fußboden. Als sein Erstaunen nachließ, rief er:

„Mama, Inge macht Pippi."

Statt der Mama kam der Vater angerannt.

„Na, warte, dir werde ich's zeigen. So ein großes Mädchen und macht noch immer in die Hose", rief er zornesrot; er schnappte die Kleine, gab ihr mehrere Klapse auf den Po und stippte sie kopfüber in ihre Urinpfütze.

Hannes sah das mit Entsetzen und rief mit heller Stimme:

„Mama, Mama komm schnell, Papa hat Inge ..."

„Halt dich da raus, sonst versohle ich dich auch", drohte der Vater. Noch blieb es bei der Drohung. Die Mutter kam angelaufen, redete auf ihn ein und entwand ihm schließlich die Kleine, um sie trockenzulegen.

Bald war der Vater wieder an der Front, und das Leben ging ohne ihn weiter.

Eine willkommene Abwechselung boten die Besuche bei Trudes Eltern. Dort war dann häufig auch die Mutter der Großmutter zu Besuch – Omas Mutter also – und für Hannes schlicht *'Oma-Mutter'*. Sie musste ihre Zustimmung geben, wenn der kleine Hosenmatz toben wollte. Nur mit einem Hemdchen bekleidet schob der Kleine erst seine Knie und dann sich selbst aufs Sofa, erklomm die Lehne, stellte sich aufrecht, hob die Arme über den Kopf und rief:
„Oma-Mutter, soll ich ...?"

Die große, stolze 86-jährige ließ sich ihre Freude nicht anmerken, um ihn nicht noch mehr anzuheizen. Sie nickte ihm aber freundlich zu. Schon warf sich der Junge bäuchlings auf die Sitzfläche, von wo er auf den Fußboden rollte. Dann wiederholte sich das Ganze bis zu seiner Ermüdung.

Jetzt versuchte er noch auf dem Dackel *'Susi'* zu reiten, bis von seiner Mutter das Kommando kam:
„Junge, anziehen, wir wollen nach Haus."

****

Sie verreisen

Der Krieg dauerte jetzt schon drei Jahre. Thomas war zu den Gebirgsjägern nach Berchtesgaden abkommandiert worden, von wo er bald darauf an die Ostfront geschickt wurde. So konnte Trude vorher ihren Mann noch in Bayern besuchen.

An die Dampflok des Fernzuges waren Personenwagen mit Abteilen angehängt. Gedrängt saßen und standen darin die Menschen – meist Soldaten, die von oder zu ihren Familien fuhren. Den Begriff Barrierefreiheit kannte man noch nicht, aber hilfsbereite Menschen hoben die Kinderkarre und das Gepäck über die beiden Trittbretter ins Abteil. Für die lange Bahnfahrt hatte Trude eine weiße, spitze Tüte mit kleinen runden, bunten Bonbons mitgenommen. Sparsam ging sie damit um. In langen Zeitabständen bekam Hannes immer nur einen Bonbon; schließlich brauchten sie noch welche für den morgigen Reisetag.

Als es dunkel wurde, schlief Inge in ihrer Karre, Hannes durfte ins Gepäcknetz. Am Morgen erreichten sie München und fanden für eine Nacht Unterkunft in einem Privatquartier. Sie plauderten noch ein wenig mit der Gastgeberin, gingen aber bald schlafen,

denn am nächsten Tag sollte es früh weitergehen. So saßen sie morgens in der Küche
der Wirtin, die schon Feuer im Herd gemacht hatte. Der Tisch wurde gedeckt, und
weil das Frühstück noch auf sich warten
ließ, fragte Hannes, ob er schon einem Bonbon bekommen könne:

*„Doch, ja, ich hole sie", sag*te die Mutter;
sie verschwand im Gästezimmer, blieb ziemlich lange weg und kam schließlich ohne
Bonbontüte zurück.

*„Ich finde die Tüte nicht, den letzten Bon-
bon habe ich dir hier gestern vor dem Zähneputzen gegeben. Vielleicht habe ich sie
hier liegengelassen."*

Da meldete sich die Wirtin:

„Wie sah die denn aus?"

*„Das war eine kleine weiße, spitze Tüte,
den breiten, oberen Teil habe ich
umgeschlagen,"* sagte Trude.

*„Ach, herrje, die liegt im Ofen. Das Feuer
wollte nicht recht brennen. Da musste ich
Papier nachlegen."*

Die Ofentür wurde aufgerissen, frische Luft
entfachte die Flammen. Zwei Erwachsene
beugten sich dem Feuer zu. Zwischen ihnen
stand der kleine Hannes. Wortlos starrte er
in die züngelnden Flammen, erkannte Reste
der verkohlten Tüte und einen letzten, roten

Bonbon. Der lag aber zu weit drinnen und zu nah an einem brennenden Holzscheit.

Zu spät! Hannes schlucke, unterdrückte Tränen und wandte sich ab. Er konnte nicht wissen, dass er schon bald in ein ganzes Flammenmeer schauen würde.

Langsam erlosch das Bild der lodernden Flammen vor seinem geistigen Auge, dafür erschien ihm das Gesicht der Wirtin, das sich in die Fratze einer alten Hexe wandelte. Nein, dies war kein gastlicher Ort. Nur weg hier, hämmerte es in seinem Kopf. Automatisch ergriff er die Hand seiner Mutter und zog sie zur Tür.

****

Am Nachmittag erreichten sie Berchtesgaden. Die Vermieterin begrüßte sie herzlich und führte sie in ein helles, geräumiges Dachzimmer mit Balkon. Hier fühlte Hannes sich sofort wohl. Abends kam noch sein Vater. Zu viert gingen sie durch den Ort. Die Mutter schob Inge in der Karre, vor ihnen gingen Hannes und sein Vater, der mit ihm einen ersten Vers einübte. Bald konnte das Kind den selbst auswendig hersagen:

„Meine Wade macht Parade,
meine Hacke macht Attacke,
und mein Zeh tut mir weh,
wenn ich abends in das Wirtshaus geh'."

Vor dem Kasernentor verabschiedeten sie sich von Thomas und freuten sich auf das kommende freie Wochenende. So gingen sie dann auf einem Waldweg ein Stück weit den Berg hinauf, bis sie an eine Brücke kamen. Hier erfuhr Hannes von einer schaurigen Geschichte, die der Vater erzählte.

„Hannes, du musst wissen, hier in den Bergen gibt es noch viel tiefere Täler mit reißenden Bächen. Man nennt das Klamm. An so einer Stelle war kürzlich ein junges Paar, die haben dort herumgekaspert. Zum Fotografieren schwang sich das junge Mäd-chen auf das hölzerne Geländer, das zer-brach. Rücklings stürzte sie in die Tiefe und wurde von den Fluten mitgerissen. Tot fand man sie später unten am Bach. — Du musst also immer erst prüfen, ob das Geländer auch hält, bevor du dich anlehnst", erklärte der Vater.

„Was heißt *'tot'*", wollte Hannes wissen.

Der Vater zögerte und fand nur ein paar einfache Worte:

„Der Mensch ist dann einfach weg. Er sieht und hört nichts mehr, er kann auch nichts mehr riechen und fühlen. — Tote sind dann im Himmel."

Wissend, dass sie hier noch auf sicherem Weg waren, gingen sie heimwärts.

Tags darauf war Sonntag. Die Eltern zogen sich und Hannes besonders schön an. Während die Mutter die kleine Tochter noch wickelte, ging Thomas mit seinem Sohn auf

die Wiese unter dem Balkon. Dort übten sie mit einem Ball Fangen.

„Mama, guck mal, ich kann fangen", rief Hannes, gefolgt von:

„Ich kann das auch von weiter weg." Rücklings entfernte er sich Schritt für Schritt.

„Wirf noch mal!" Er tat noch einen Schritt rückwärts und landete mit einem Plumps in einer mit Wasser gefüllten Zinkwanne, die dort zum Plantschen bereitstand.

Umsicht üben hatte er wohl doch noch nicht gelernt. Statt Beifall kamen Schimpfwörter vom Balkon herunter. Nun musste sein Zeug erst einmal trocknen, bevor man zum Kaffeetrinken in den Kaffeegarten gehen konnte. Das taten sie dann doch noch, und Hannes beobachtete intensiv die frechen Spatzen, die sich Kuchenkrümel sogar vom Tisch holten.

Noch größer war aber sein Erstaunen als die Eltern mit ihm zu einem Automaten gingen. Auf einem Sockel sah er einen bunten

Vogel aus Blech, der gerade noch einmal seinen Kopf bewegte und dann verharrte. Vater steckte ein Geldstück in den Schlitz. Augenblicklich kam wieder Bewegung in den Vogel. Der streckte den Kopf in die Luft, drehte ihn nach rechts und nach links und zwitscherte eine fröhliche Melodie. Jedes

Mal, wenn diese Zeremonie endete, bettelte Hannes:

„Papa, lass ihn noch einmal singen."
Nach der vierten Runde erklärte der Vater:

„So, jetzt ist Schluss, ich habe keine Münzen mehr."

Der kleine Hanne ahnte zum ersten Mal, dass es wohl wichtig ist, Geld zu haben.

****

Wieder zu Hause

In Hamburg kam auch seine Oma Mieke, die Mutter seines Vaters, gelegentlich zu Besuch. Dann gingen sie gern an den Weiher zum Tauben füttern. Das war damals noch nicht verboten. Der kleine Hannes versuchte immer wieder, eine der Tauben zu fangen, was ihm aber nicht gelang, denn gerade, wenn er zugreifen wollte, flogen sie hoch und schwirrten davon. Selbst, wenn er jetzt schon den Trick seines Großvaters zum Fangen von Hasen gekannt hätte, es hätte wohl nicht geklappt.

Ein anderes, gern besuchtes Ziel war der öffentliche, botanische Garten *'Planten un Blomen'.* Gleich hinter dem Eingang sahen sie vor sich einen Mann mit einer Schäferhündin an der Leine. Die drückte ihren Hinterleib gegen den Sandboden und entleerte ihre Blase schier unendlich lange. Es entstand eine Pfütze unvergleichlich größer als die von seiner Schwester. Darauf musste Hannes seine Mutter und seine Oma aufmerksam machen. Die hatten die Sache natürlich auch schon bemerkt und erzählten ihm Folgendes:

„Hündinnen sind folgsamer und reinlicher als Hunde. Sie verkneifen sich das Wasser-

lassen in der Wohnung und draußen so lange, bis man es ihnen erlaubt.

Der Mann ist wohl eine ganze Zeit nicht mit der Hündin Gassi gegangen. Hätte er einen Schäferhund, dann hätte der längst an jeden Baum und Strauch seine Marke gesetzt."

Bald kamen sie an den Wasserlauf im Park. Stolz durchschritt der Kleine das flache Gewässer, indem er mutig von einer zur anderen Gehwegplatte hüpfte, die in Abständen ausgelegt waren. Er schaffte es, ohne nass zu werden und ohne seine Sonntagskleidung zu beschmutzen. Heute haben die Kinder der Besucher selten Sonntagskleidung an. Sie gehen auch meistens direkt auf den neuen, großen Spielplatz, toben dort herum oder buddeln im Sand.

Eine andere Sache, die Oma Mieke mit Hannes unternahm, waren die Ausfahrten mit der U-Bahn und der Straßenbahn, denn als Beschäftigte bei der Hamburger Hochbahn fuhr sie hier kostenlos.

„Oma, warum sagst du manchmal Hochbahn und dann wieder U-Bahn." wollte er wissen.

„Das ist so, weil die Bahn manchmal unterirdisch und manchmal oberirdisch fährt.

Komm, wir gehen jetzt in die Station 'Emilienstraße' und fahren bis zur Haltestelle Baumwall, dann siehst du das", antwortete Sie. Kaum waren sie auf dem unterirdischen Bahnsteig, da meinte Hannes:

„Oma, hier riecht es aber gut."

„Ja, das kommt von den Schienen, davon wird immer etwas Eisen abgerieben, wenn die Züge darüberfahren. Dadurch ist Eisenstaub in der Luft. Du hast wohl Eisenmangel, wenn du das gern riechst."

Aus der Gegenrichtung näherte sich eine Bahn. Leute stiegen aus und ein, sorgfältig beobachtet von einem Mann in Uniform, dem Zugabfertiger. Die Lampe vor dem Zug sprang auf grün. Eine Durchsage folgte:

„Zurückbleiben bitte, Türen schließen, abfahren!"

Gleichzeitig hob der Beamte eine runde, weiße Kelle mit grünem Rand auf der einen und mit rotem Rand auf der anderen Seite hoch.

„Oma, wofür ist der Hochhalter?" fragte Hannes.

„Das ist so, wenn der Zugführer die Seite mit dem grünen Rand sieht, darf er wieder losfahren, solange er noch den roten Rand *sieht, muss er warten"*, entgegnete sie, ohne auf die Wortwahl ihres Enkels einzugehen. So blieb ihm der Begriff *'Signalkelle'* vorerst unbekannt. Am Baumwall bestaunte Hannes das riesige Stahlgerüst, über das die 'U-Bahnen' in beide Richtungen ratterten, die Barkassen auf der Elbe und die Flugkünste der Möwen. Die flogen richtig,

von denen könnten die Tauben noch etwas lernen. Am Rödingsmarkt bog die Bahn in eine Kurve, begleitete ein Stück weit das Fleet. Hannes staunte als die Strecke sich dann neigte und der Zug scheinbar in das Wasser eintauchen wollte.

Später fuhren sie noch mit der Straßenbahn und der Schaffner fragte:

„Na, mein Junge, brauchst du auch einen Fahrschein?"

„Nein, ich bin noch klein", antworte Hannes.

„Gut, aber das wollen wir nachmessen. Stell dich hier an den Pfosten, da ist ein Schild mit dem Strich in Höhe von einem Meter." Hannes tat, wie ihm geheißen wurde und tatsächlich blieb sein Kopf noch fingerbreit unter der Markierung. Für Oma Mieke war der Schaffner der Kondukteur. Sie benutzte sowieso viele französische

Ausdrücke. Nicht nur der Haarschneider hieß Friseur, sondern auch andere Begriffe entlehnte sie der französischen Sprache, so nannte sie:

Bürgersteig – Trottoir

Überrock – Paletot

Regenschirm – Parapluie

Bahnsteig – Perron

Fahrkarte – Billet

Wohnzimmerliege – Chaiselongue

„Und überhaupt lebt Oma Mieke sehr bohème", sagte die Familie.

Da Hannes im Winter Geburtstag hat, stellte sich die Frage, ob er im Alter von fünf oder sechs Jahren eingeschult werden würde. Trude meinte *'je früher, umso besser'*. Also bereitete sie ihren Sprössling auf den bevorstehenden Einschulungstest vor.

„Hannes, sag mal 'Zwiebel, zwischen, Zwetschge'."

Sie machte es ihm vor, die Zunge gegen die Schneidezähne drückend. Er verstand, machte es artig und richtig nach. Was sollte noch schiefgehen?

Die tiefgreifende Veränderung

Der auf- und abschwellende Ton der Luftschutzsirenen drang nur unterschwellig in die Ohren von Mutter und Sohn. Die erst zweijährige Schwester schlief friedlich in ihrem Bettchen.

Erst das Gepolter der Mitbewohner im Treppenhaus und ihr heftiges Klopfen an der Wohnungstür weckte die Schlafenden.

„Wo seid ihr? Schnell, schnell – es ist Fliegeralarm. Ihr müsst in den Bunker."

Die Mutter rief:

„Ja, wir kommen" und zu ihm:

„Junge, zieh dein Leibchen, Hemd und Hose an, schlüpf in die Schuhe, mach eine Schleife, das kannst du doch schon. Ich kann dir jetzt nicht helfen, ich muss mich um mich selbst und um deine Schwester kümmern."

Auf der Straße hörten sie in der Ferne die Flak. An diesem Tag mussten sie lange im Bunker bleiben. Es dauerte und dauerte, aber es kam einfach keine Entwarnung. Die Leute wurden schon unruhig und fragten:

„Wann wird der Alarm denn endlich aufgehoben?"

Ein Luftschutzwart nahm den kleinen Hannes zur Aufmunterung mit ins Treppenhaus.

An einigen Stellen gab es Lüftungsrohre in der Wand. Oben im Treppenhaus öffnete der Mann eine Stahltür. Man konnte zwar hinausschauen, aber Sterne waren nicht zu erkennen. Die Nacht war von Rauch geschwängert. Die Lichtkegel der Flak schwenkten kreuz und quer über die Stadt. Manchmal kreuzten sich zwei Lichtbündel.

„Sie suchen nach Feindflugzeugen, damit man die abschießen kann", erklärte der Mann. Das sollte das Kind beruhigen. Doch sie sahen kaum ein Flugzeug, das erfasst und keines das getroffen wurde, so war die Macht des Faktischen überzeugender als die hilflosen Worte.

Wieder bei der Mutter, spürte das Kind ein aufkommendes Gemurmel.

„In der Straße wurden zwei Häuser von Brandbomben getroffen Nr. 22 und 24", hieß es.

„Mein Gott, das ist ja unseres", rief die Mutter.

„Ja", antwortete einer der Luftschutzmänner, *„wir versuchen zu retten, was zu retten ist."*

Endlich kam die ersehnte Entwarnung. Alle Menschen strömten hinaus. Die Olberts von gegenüber gaben der jungen Mutter mit den zwei kleinen Kindern Unterkunft. Hannes wurde im Vorderzimmer auf das Sofa gelegt und blickte unwillkürlich auf das brennende Gegenüber. Alle Fensterrahmen brannten lichterloh. Das sah er wirklich, vor seinem geistigen Auge sah er zwischendurch auch die lodernden Flammen, die seine Bonbontüte verbrannt hatten.

Doch dies hier war viel, viel grausamer und mächtiger.

Lange konnte er nicht einschlafen, bis er endlich in die knisternde Nacht fragte:

„Könnt ihr mich nicht umdrehen, damit ich das Feuer nicht mehr sehe?"

„Könnt ihr mich nicht umdrehen, damit ich

das Feuer nicht mehr sehe?"

Der Morgen danach brachte ihm eine angenehme Überraschung. Es war aufregend neu, in einem größeren Kreis und mit einem Mann am Tisch zu frühstücken. Denn Herr Olbert war wegen seines steifen Beines nicht an der Front. Alle redeten wie eine Familie.

Später wurde es wieder ernst. Die Mutter schob den Kinderwagen mit der zweieinjährigen Schwester. Am Bunker reihten sie sich in die Schlange der Wartenden ein. Hier gab es etwas Brot und Butter. Als sie sich der Ausgabe näherten, stand dort das Butterfass aus dem die Rationen entnommen wurden. Jemand ermunterte Hannes, mit dem Daumennagel etwas Butter abzureiben.

Diese Extraportion dürfe er auch gleich aufessen. Wenn der alte Johannes heute daran denkt, spürt er unwillkürlich den Geschmack von Butter auf der Zunge. Kaum die karge Wegzehrung erhalten, ging es weiter. Der Junge hielt sich am Rockzipfel seiner Mutter fest. Als sie die Nebenstraße verließen, erblickten sie auf den Hauptstraßen das ganze Ausmaß des nächtlichen Angriffs: Tiefe Bombenkrater im Straßenpflaster, aufgebogene Straßenbahnschienen,

hängende Oberleitungen, geborstene Rohr-
leitungen und Häuser, die zu Schuttbergen
zusammengefallen waren. Auch das Haus
von Trudes Eltern, das ihrer Schwiegermut-
ter und das Haus, in dem 'Oma-Mutter' lebte, lagen in Schutt und Asche. Was mit den
Bewohnern geschehen war, wusste niemand.

Die Mutter drängte:

*„Wir müssen zu einem Sammelplatz, wir
sollen evakuiert werden."* Den Platz erreichten sie irgendwann nach großer Mühe. Später kam ein Lastwagen, der die Leute an die
Vorortbahn brachte. Als diese voll war, fuhr
sie die Ausgebombten ins ländliche Umland.
Vor der nächsten Kreisstadt – etwa 60 km
nördlich von Hamburg – endete die Fahrt in
einem typisch schleswig-holsteinischen Reihendorf.

Nun saßen die Evakuierten im Trockengra-
ben und wussten keinen Rat. Die Sonne
strebte schon dem Horizont entgegen. Zaghaft näherten sich einige Dorfbewohner und
fanden kaum Worte. Dann stand plötzlich
eine junge Frau vor Trude, streckte ihr die
Hand entgegen und sagte:

*„Ich bin Hertha Horn, Sie können erst ein-
mal bei mir wohnen. Das ist aber am anderen Ende des Dorfes, etwa 2 km von hier.*

Gleich kommt der Milchmann mit seinem Einspänner, der fährt uns dort hin."

Trude war erleichtert und dankbar. Bald saßen sie dort, wo sonst die Milchkannen standen. Das Pferd fiel in seinen normalen Trott; den Weg kannte es sowieso. Die Erwachsenen wechselten nur wenige Worte, und die klangen für Hannes fremd:

„Daar het de Frisör sien Laden. Nu kummt de Bäcker und an uns Siet de School", und später, *„dat daar vörn, dat is uns Sprüttenhus; daar beegt wi af, hier is de Koopmann und denn sind wi ook glieks daar. Nu kummt man erst mol in."*

Dann gab es Bratkartoffeln zu Abend. Hertha stellte eine Waschschüssel und zwei Handtücher bereit und ergänzte:

„Daar an de Siet, rund Hus, achter de Dör mit dat Hart, dat is uns Plumpsklo. So, nu weet ji dat. Trude, du kannst in min Mann sien Bett blank mi slopen. Min Mann is ook in Kreeg. De Jung slöpt op dat Sofa, und de lütt Deern wohl noch in deen Kinnerwogen."

Am nächsten Morgen ging es beim Frühstück lebhaft zu. Trude und Hertha hatten sich viel zu erzählen, und die vier Kinder verstanden sich auf Anhieb. Dann erhielten sie ein paar Anweisungen:

„Also, ihr lauft nicht über die Gemüse-
beete, nicht durch die Blumen, auch nicht
über das Geharkte, ihr bleibt in Sichtweite,
und die Eisenbahnschienen sind verbotenes
Gelände. Verstanden?" Die Kinder nickten.

In den ersten zwei Nächten nach ihrer
Evakuierung flogen wieder feindliche Ge-
schwader auf Hamburg zu. Nachts sah man
mit Schrecken den Widerschein der Flammen am südlichen Horizont.

In den Nachrichten hieß es etwa so:

„Heute Nacht gab es heftige Bombenan-
griffe auf Hamburg. Ganze Stadtteile sind
zerstört. Deutsche Techniker entwickeln mit
Hochdruck die V2. Der Endsieg ist unser."

Hannes verstand das alles nicht so richtig.
Am Spritzenhaus und am Bahnhof sah er
das Abbild vom schwarzen Rücken eines
großen schwarzen Mannes mit hochge-
schlagenem Kragen; den Hut tief ins Gesicht gezogen. Hannes fragte:

„Was steht darüber?"

„Pssst, Feind hört mit", war die Antwort.

„Und was heißt das", fragte er nach.

Das heißt:

„Man soll keine militärischen Geheimnisse
verraten."

„Was sind militärische Geheimnisse?",
wollte er wissen.

„Nun ja, der Feind soll nicht wissen, wo ein Bunker oder eine Flak steht, und was schon kaputt und was noch unbeschädigt ist", erhielt er zur Antwort.

Der Propagandaspruch 'Pssst! Feind hört mit' bekam in der Familie später eine andere Bedeutung.

Familiennachzug

Hertha Horn wandte sich an Trude:
„Du kannst nach Hamburg fahren und deine Verwandten suchen. Das geht aber erst nächste Woche, wie mein Nachbar weiß, der ist Schrankenwärter."
Sie fand Schwester, Mutter und Vater in dessen Malerwerkstatt. Das Haus – am Rande eines Sportplatzes gelegen – war zwar auch von einer Brandbombe getroffen worden, mutige, tatkräftige Bewohnerinnen konnten den Brand jedoch rechtzeitig löschen. Neben der Werkstatt im Keller gab es für die Sportler auch Umkleidekabinen und Toiletten, die konnten sie jetzt benutzen. Schlafplätze stellten die Bewohner bereit. Aus ihrer brennenden Wohnung im ersten Stock eines Mehrfamilienhauses retteten sie nur eine Tasche, einen kleinen Koffer und die Katze. Dackelhündin *'Susi'* hatte sich weit unter die Ehebetten verkrochen und konnte nicht gegriffen werden. Die gerettete Katze mussten sie später auch abgeben, denn es gab für sie kein Futter. Außerdem wurde eine Verordnung erlassen, dass in der zerbombten Stadt alle obdachlosen Haustiere zu töten sind.
Die Großmutter fanden sie nicht. Das

Mehrfamilienhaus, in dem sie gewohnt hatte, war zerbombt.

Nachbarn berichteten aber, dass sie nach dem Angriff in der U-Bahnstation gesehen worden war, eine Kopfverletzung hatte und mächtig über Hitler schimpfte. Dann hatte sie die U-Bahnstation, begleitet von zwei Personen mit Armbinde, verlassen. Alle weiteren Nachforschungen blieben erfolglos. Später erfuhren sie nur noch, dass 'Oma-Mutter' am 2. August 1943 aus dem Krankenhaus in Hamburg-Langenhorn in Richtung Schwerin oder Glückstadt abtransportiert worden sei.

****

Trude besuchte noch eine gute Freundin, deren Ehemann gerade auf Heimaturlaub war. Nach kurzem Begrüßen sagte er ihr:

„Ich bin für ein paar Tage zu Hause, weil ich mich an die Front gemeldet habe. Bei der SS sollte ich Juden ins Vernichtungslager fahren. Das konnte ich nicht. Du darfst aber nicht darüber sprechen." Trude versprach es. Sie hielt sich auch daran. Als sie einige Zeit später jedoch erfuhr, dass der Freund *'auf dem Felde der Ehre gefallen sei',* offenbarte sie sich zunächst gegenüber ihrem Vater und anschließend gegenüber der restlichen Familie.

Jetzt fuhren die Eltern, die Schwester und Trude in das schleswig-holsteinische Dorf. Vater und Mutter kamen zunächst bei dem Schrankenwärterehepaar unter. Für Schwester Hella reichte der Platz in dem kleinen Bahnwärterhäuschen aber nicht mehr aus, denn das Ehepaar hatte auch noch einen heranwachsenden Sohn. Hella wurde also in einem nahegelegenen Bauernhof untergebracht und musste sich dort an die ländliche Lebensart anpassen – für sie eine große Umstellung.

****

In neuer Umgebung

Auch Hannes lernte etliches Neues; z. B., dass Bohnenpflanzen an schräggestellten Stangen emporwachsen, und dass man die Schoten pflücken muss. Die Schoten der Erbsen findet man an kleineren, bodennahen Pflanzen. Nach dem Pflücken werden die Erbsen aus den Schoten gepalt, d. h., diese werden geöffnet und nur die runden Früchte kommen in die Schüssel. So macht man das auch mit den Pferdebohnen.

Vormittags gingen die Dorfbewohner in ihren Garten. An den angehäufelten Kartoffelpflanzen räumten sie vorsichtig mit einem Spaten oder mit beiden Händen die Erde zur Seite und sammelten die Knollen ein. So mussten sie nicht mit Geld in die Stadt zum Gemüsehändler gehen. Eigentlich ganz praktisch, fand Hannes.

Als das Essen gekocht war, saßen die Einheimischen und die Evakuierten am Tisch und tasteten sich vorsichtig an praktische und an politische Themen heran:

„Wie lange dauert der Krieg wohl noch? Wie lange muss man noch beengt unter einem Dach leben?

Welche Möglichkeiten gibt es, das zu ändern?"

„Du, Trude, dein Vater ist doch Maler, und ihr habt doch noch Farben, nicht wahr?" fragte Hertha und fuhr fort:

„Wenn du einen Bezugsschein für Sperrholzplatten besorgst, dann könnt ihr die im Ort bei der Sperrholzfabrik abholen. Hier am Ende der Querstraße steht die 'Räucherkate'. Die ist zwar 200 Jahre alt und seit 40 Jahren nicht mehr bewohnt; aber die könnt ihr Euch herrichten. Bauer Udo Kahl hat schon zugestimmt. Bei ihm auf dem Hof könnt ihr auch Wasser holen. Ist nicht so toll, aber ihr seid unter euch und zusammen."

Trude willigte ein, bestieg den Bus in die Kreisstadt und forderte im Amt den Bezugsschein ein. Der Beamte wand sich, war sich seiner Befugnis nicht sicher und wollte ablehnen. Damit lag er aber bei Trude schief, die ihn nun anfuhr:

„Sie sitzen hier warm und trocken. Meine Eltern und ich wurden ausgebombt. Wir haben nichts mehr. Mein Mann hält an der Front für Deutschland seinen Kopf hin. Und Sie wollen mir ein paar Sperrholzplatten verweigern, die auf dem Fabrikhof lagern? Ist das wirklich Ihr Ernst?"

Das half. Er spannte ein Blatt Papier in die Schreibmaschine und tippte etwa folgenden

Text:

„Bezugschein"
für 90 qm Sperrholzplatten und 30 lfd.
Meter Dachlatten zum Erstellen einer Er-
satzunterkunft. Aus Bestand der Sperrholz-
fabrik Holtmann.
Genehmigt vom Versorgungsamt

Mit Deutschem Gruß
Ort und Datum   Stempel und Unterschrift"

Nun konnten Opa Anton, Trude und Tante
Hella mit einem 'Bollerwagen' bei der Fabrik
vorfahren und die Platten nach und nach
abholen.

****

Die Kate wird eingerichtet

Das Großreinemachen begann. Wenngleich zögerlich, so halfen nach und nach auch die ortsansässigen Nachbarn. Hertha machte den Anfang, indem sie sagte:

„Ji mokt nu all dree Daag sauber in dat ole Rookhus und kaamt jümmers schietig trück. Hier, ik gev ju een Schötel und twee vun de griesen Handdöker. Trude, dien Vadder het jo noch ein Stück Kernsiep und een Bimstien in sien Kiddeldasch, heb ik seen. Daar blank de Kaat, wo dat na Buer Kahl geiht, daar is een Waterlock. Daar könnt ji Water faten, Hannen und Gesicht waschen, und denn drögt ji ju av. Denn möt ji nich as ein Schosteenfeger dörch dat Dörp lopen."

Nun war das Eis gebrochen. Am nächsten Tag kam Bauer Kahl und sagte:

„Ik heb hier noch een poor nigel-nagel-nege Jutesäcke. Stroh kriegt ji bi mi in de Schüün denn hebbt ji wat för de olen Holtbetten in de Alkovens. Daar liggt und slöpt een good op."

Die beiden kleinen, zur Straße hin gelegenen Stuben wurden so lange ausgefegt, bis der blanke Lehmboden blitzblank zu Tage trat. Als die Fenster geputzt waren, wurden sie zunächst neu verkittet. Auch Hannes bekam einen Klumpen der olivfarbenen Masse auf die Hand. Zwischen den Handflächen rollte er sie zu einer kleinen Wurst, die er dann stolz seinem Großvater reichte. Dieser drückte sie zwischen Glas und Holz, bevor er sie sorgfältig glattstrich.

„Das ist wichtig, damit der Regen das Holz nicht morsch macht, und damit er nicht ins Zimmer rinnt", erklärte der Großvater.

Am nächsten Tag rührte Opa Farbpulver und Leinöl zusammen. Das ergab die Farbe für die Fenster. Zuerst wurde jedoch die Lötlampe gezündet. Vorsichtig erwärmte der Großvater so die alte Farbe und schob sie mit geübter Hand von Fensterrahmen und -flügel. Jetzt konnten die neu gestrichen werden. Nun wirkten die Zimmer schon sehr einladend; doch noch waren sie unmöbliert. Oma, Opa und Hella hatten nur einen Spind bekommen, und die geretteten Möbel von Trude waren noch nicht da.

Sie fuhr wieder nach Hamburg. Wie sie es schaffte, dass wenig später ein LKW die geretteten Habseligkeiten brachte, blieb ihr Geheimnis, hieß es doch zu der Zeit:

„Räder müssen rollen für den Sieg!"
Auch die Wohnung ihrer Eltern und der Alkoven ihrer Schwester – auf der Südseite

der Kate – wurden nach und nach wohnlicher. Man war eben auch über kleine Verbesserungen glücklich.

So zimmerte Anton für seine Tochter Hella einen Kleiderständer und brachte aus seiner Hamburger Kellerwerkstatt ein Glasbord und einen Spiegel mit. Da war es ein glücklicher Umstand, dass der Alkoven von Hella nach Westen, zur Diele hin, eine Luke hatte, durch die zusätzlich Licht in den Raum fiel.

****

Sehr freigiebig waren sie Einheimischen nicht, aber ganz konnten sie die Augen nicht vor der Not der Ausgebombten verschließen. Sie mussten aber abwägen: *Was muss ich geben? Was kann und will ich geben? Was kommt an, ohne dass ich mich schämen muss und ohne, dass ich kränke?* So wurde das eine oder andere Passende herausgerückt.

Oma Ella erhielt zunächst ein paar Kochtöpfe, Teller, Becher, Bestecke und eine Zinkwanne. Drei Stühle und ein alter Tisch kamen hinzu. So kochte sie auf dem noch vorhandenen Herd und versorgte vorerst die ganze Familie. Hannes musste in der nahen

Twiete trockenes Holz sammeln, denn die Zuteilung von Heizmaterial war genauso rationiert wie die der Lebensmittel. Oma Ella verlangte auch, dass er die Zweige und Äste zerkleinerte, damit diese durch die Ofentür passten.

„Sieh her, dieser Ast ist zu groß, der versperrt die Öffnung, den kann ich nicht in die Glut schieben", rief sie ihm zu.

Hannes zwang sich, hinzusehen, verdrängte die Gedanken an die in München verbrannte Bonbontüte und an das Inferno der Bombennacht. Er musste lernen, dass das Feuer auch eine wärmende, nützliche Kraft war.

Und seine Mutter wusste: *Eigener Herd ist Goldes wert.* Auch wollte sie ihre Selbständigkeit nicht wieder hergeben; zumal sie politisch mit ihrem sozialdemokratischen Vater nicht auf gleicher Wellenlänge lag.

So erkämpfte sie sich von irgendwoher einen Elektroherd. Für sie musste ihr Sohn kein Feuerholz sammeln. Hier musste er sich – zumindest vorerst nicht – um die Beschaffenheit von Brennmaterial und den Zustand des Feuers kümmern.

****

Sie leben sich ein

Großvater Anton richtete hinter den Küchen, dort wo früher Schafe und Ziegen ihren Platz gehabt hatten, als erstes ein 'stilles Örtchen' ein. Dazu sägte er eine Sperrholzplatte in der Mitte durch. Darauf befestigte er in Sitzhöhe jeweils eine Holzlatte. Diese Seitenteile stellte er rechtwinklig gegen die Hauswand. Dazwischen schob er als 'Brille' eine passend zugeschnittene Sperrholzplatte mit Loch für den Po. Für die Fäkalien platzierte er darunter einen alten Malereimer. Anschließen errichtete Anton aus Sperr-holzplatten zwei kleine Schlafräume. Bevor Hannes seinen Alkoven bezog, durfte er das Schlafzimmer besichtigen, das für seine Mutter und seine Schwester bestimmt war. Die Rückseite des Raumes wies nach Westen, wo die Sonne an diesem Spätsom-mertag tief am Horizont stand. Um mehrere Stellen im Sperrholz herum, da wo Furnier mit Astmarkierungen verarbeitet worden war, leuchtete es glutrot – ein anderes, freundlicheres Rot, als das in der Brand-nacht.

Im Alkoven von Hannes hingegen war es dunkel. Er merkte aber, dass er nehmen

musste, was es gab, und dass die Eigen-
ständigkeit ein Schritt ist, um zu wachsen.
In den folgenden Wochen hatte er abends
häufig Bauchschmerzen. Damit behelligte er
jedoch niemanden. Er entblößte seinen
Bauch und presste ihn gegen den kalten
Lehmboden, so lange bis er vor Müdigkeit
fast einschlief. Dann warf er sich noch
schnell ins Bett und erwartete seine Träu-
me. Anfangs waren es Alpträume (vielleicht
vom Verlust der Wohnung und von Erzählungen der Erwachsene geprägt). Ein Mann
verfolgte ihn – ein Typ, wie der von der
Wandgrafik *'Pssst, Feind hört mit'*. Im
Traum flüchtete Hannes in ein Etagenhaus
und hastete die Treppe hinauf bis unter das
Dach. Links und rechts gab es kein Entkom-
men, nur eine Dachluke über ihm bot sich
zur Flucht an. Der Traum wiederholte sich
mehrfach. Doch nach und nach erfand Hannes einen Trick: Wenn sich die Verfolgungs-
jagd wieder ihrem schrecklichen Ende näherte, befahl sich Hannes im Halbschlaf, der
Dachluke zuzustreben, die Arme auszubrei-
ten und zu fliegen. Das funktioniert bald immer besser. Vom Westwind, der durch die
Kate pfiff, getragen, schwebte er über
Wiesen und Felder. Immer besser konnte er
den Traum steuern, entschied sich sogar,

über oder unter Hochspannungsleitungen zu fliegen. Das funktionierte etwa so, wie er es tagsüber bei den Flügen der Stukas sah.

In der Kate fehlte noch einiges, aber Mutter und Opa schafften viel. Im Tausch gegen Farbe und Malerarbeiten erwarben sie vom Schmied Rohre und eine Pumpe. Ein Wünschelrutengänger fand auf dem Geestboden eine geeignete Stelle, und die Pumpe wurde gesetzt. Nun mussten sie das Trinkwasser nicht mehr von Bauer Kahl holen und das Brauchwasser nicht mehr aus dem Wasserloch schöpfen.

Ein Wasserklosett wie in der Stadt hatten sie nicht mehr, aber das Plumpsklo war ja auf der Tenne eingerichtet. Für die Entsorgung erhielten sie von den Nachbarn den Rat, die Fäkalien im Garten zu vergraben, dort aber zwei Jahre lang kein Gemüse anzubauen.

Die geretteten Möbel kamen per LKW aus Hamburg, aber auch im Nahbereich stand ein Lastentransport an. Trude hatte erfahren, dass *P.&T.* in der Kreisstadt noch zwei Matratzen und eine blaue Steppdecke im Lager hatten. Sie besorgte Bezugsscheine und verabredete einen Abholtermin. Bauer Kahl spannte Lotte vor den Leiterwagen und zu dritt ging es los. Pferd und Wagen parkten vor dem Lieferanteneingang. Trude und Bauer Kahl verschwanden im Kaufhaus. Hannes stand auf dem Pferdewagen und sah sich die Stadt an. Lotte wartete geduldig. Doch just in dem Augenblick, als die Erwachsenen bepackt aus dem Haus traten, zog das Pferd an. Hannes fiel rücklings mit dem Hinterkopf auf das Kopfsteinpflaster. Er war aschfahl im Gesicht und schluckte nur trocken, als seine Mutter aufgeregt auf ihn zulief und ihn hochhob.

„Junge, was machst du für Sachen?"

Das Kind blieb stumm, die Frage erwartete sowieso keine Antwort. Bauer Kahl murmelte nur:

„Dat Peerd steiht doch ans jümmers still." Hannes wurde für die Rückfahrt auf die erstandenen Matratzen gebettet und blickte still in die weißen Wolken am blauen Himmel. Zu Hause wurde ihm noch ein Tag Bettruhe verordnet. Wenn es später aber einmal hieß:

'Der Junge ist doch nicht auf den Kopf gefallen', dann akzeptierte er den Spruch zwar stillschweigend, im Innern aber wusste er es besser.

****

Der kleine Unfall war schon vergessen, als

ein anderes Missgeschick passierte. Seine Mutter hatte inzwischen einen Elektroherd besorgt und kochte nun wieder elektrisch. Sie musste sich aber auf Zeiten der Stromsperre einstellen. Deshalb kochte sie Kartoffeln, Rüben Kohl und Gemüse gleich nach dem Frühstück, wickelte den Topf in Handtücher und hielt ihn unter dem Federbett warm. Ein paar Meter Inlett-Stoff hatte sie irgendwo her erhalten, davon Oberbetten und Kissen genäht und diese mit erbettelten Halbdaunen und Federn vollgestopft.

Jetzt war es Abend und die Kinder waren vom Spielen dreckig. Gerade hatte sie eine Schüssel mit Warmwasser bereitet, die jüngere Schwester gewaschen und bettfertig gemacht. Die Herdplatte glühte noch, weil weiteres Warmwasser benötigt wurde.

„Hannes gleich bist du dran", rief Trude. Hannes, der splitternackt auf dem Tisch stand, drehte sich seiner Mutter zu, trat dabei ins Leere und klemmte sich zwischen Herd und Klapphocker ein. Sein rechter Arm lag auf der glühenden Herdplatte. Er versuchte sich zu befreien, musste sich wieder auf der Herdplatte abstützen, schaffte es aber trotzdem nicht. Trude rannte kopflos in die Wohnstube und schrie zur anderen Seite der Kate:

„Mama, Mama, der Junge ..."
Der Junge ermahnte sie energisch zur Ruhe und zur Tat, indem der rief:
„Nun nimm mich doch erstmal von der Herdplatte!"

Das wirkte, sie befreite ihn aus seiner Zwangslage. Puder wurde auf die Wunde gestreut und der Unterarm mit einer Mullbinde umwickelt. Der Arzt diagnostizierte schwere Verbrennungen. Dicke Blasen bildeten sich am Unterarm und auf dem Hand ballen. Aber Zeit heilt Wunden. Nach und nach entstand wieder gesunde Haut. Nur ein Dreieck hellerer Haut – eingefasst von etwas dunkleren Rändern – ist heute noch an Johannes' Arm zu sehen. Gelegentlich bilden sich dort durch das Scheuern leichte Hautirritationen, die er aber gut und schnell zu behandeln weiß.

****

Doch nun kehren wir wieder zurück in die Kindheit von Johannes.

Das Haus und dessen Einrichtung war mittlerweile so weit fertig, wie es die Umständen zuließen. Nun reparierte Opa Anton noch das seit Jahren im Gras liegende Gatter, strich es neu an und stellte es auf. Dadurch hatten sie einen eingefriedeten Hofplatz.

Trude widmete sich dem Garten, und Hannes musste ihr helfen. Reihe um Reihe grub sie den Rasen um, warf die Soden in die Furche, sodass der schwarze Mutterboden nach oben zeigte. Mit einem Handkultivator zerrte sie die Wurzeln der Gräser heraus. Hannes musste Quäke sammeln, die auf dem Kompost landeten. Dann wurde geharkt und immer wieder geharkt; denn nach jedem Zug und nach jedem Schub kamen wieder Blätter, Unkraut, Grasbüschel und Wurzelwerk an die Oberfläche. Doch schließlich konnten Saat und Setzlinge ein gebracht werden. Nun stand ihr Garten dem der Einheimischen nicht mehr nach. Wenig später erfreuten sie sich an dem ersten eigenen Salat und an kleinen jungen Wurzeln.

Auf dem Feld hinter der Kate waren schon Kartoffeln erntereif; so spannte Bauer Kahl seine Lotte vor den Wagen und lenkte das Gespann dem Acker zu. Als er um die Kate bog, erstarrte sein Blick. Die Zufahrt zu seinem Feld war durch ein renoviertes Gatter versperrt. Sollte er aussteigen, das Gatter öffnen und womöglich mit der resoluten Stadtfrau, die ihm sein Wegerecht genommen hatte, einen Disput beginnen? Ein kurzes kräftiges **'Nein'** kam zwischen seinen zusammengepressten Zähnen hervor. Er zog an der Leine; Lotte folgte dem Zug nach rechts. Ein kurzer Knall mit der Peitsche und das Gespann fand seinen Weg im Bogen um das Gatter durch den frisch angelegten Garten.

Die arglose Trude stand, einen Teller zwischen beiden Händen haltend, in ihrer kleinen Küche. Sie beobachtete den Vorgang, presste ebenfalls die Zähne aufeinander, schrie ein langgezogenes '**NNNein**' heraus, drückte beide Ellenbogen fest an den Körper, um dann die Hände öffnend mit voller Kraft den Teller auf den Boden zu knallen.

Ob dieser Missachtung ihrer Arbeit und der Erniedrigung durch einen, der Haus und Hof behalten hatte, lief sie durch die zwei Stuben zu ihrer Mutter und heulte sich aus.

Hannes begriff nur langsam, was hier geschehen war. Nach und nach beruhigte sich die Mutter wieder. Der Schaden im Garten erwies sich als minimal. Die Pflanzen hatten offenbar den gleichen starken Lebenswillen wie sie.

****

Trudes Eltern hielten nun wieder Hund und Katze. Sogar ein Gänseküken bekamen sie geschenkt. Das wurde in der ersten Zeit

wohl behütet, indem es unter einem Draht-
käfig auf dem Rasen aufwuchs, bis es ein
kräftiges Federkleid hatte. Nun lief die Gans
den ganzen Sommer und im Herbst hinter
Oma Ella her. Doch mit dem Winter endete
das freie Gänseleben. Erst kam sie in den
Stall und dann zu Weihnachten in die Brat-
pfanne. Wie das geschah, wurde vorerst vor
Hannes verheimlicht.

Fast täglich gab es Besuch von einem
Nachbarn. Der machte sich einen Spaß da-
raus, Hannes ein wenig zu ärgern. Das tat
er, indem er sich zu Hannes herunter beug-
te und ihm zuraunte:

„Koter kummt in een Sack!"

Für Hannes war nicht klar, was das be-
deuten sollte. So fragte seinen Opa. Der
beruhigte zunächst seinen Enkel mit den
Worten:

*„Ach, der Nachbar meint das nicht so, der
will dich nur foppen. Aber es gibt ein schö-
nes Gedicht von Hebbel, das meint er
wohl."*

Nun musste Opa Anton das schaurig-
schöne Gedicht *'Aus der Kindheit'* immer
wieder hersagen, bis auch Hannes es
auswendig vortragen konnte.

Der Dackel kam eines Tages mit einem unversehrten Hühnerei in der Schnauze an, ein brauchbares Extra zu den immer kargen Lebensmittelzuteilungen. Er präsentierte auch an den folgenden Tagen mittags ein Ei. War er nun ein geschickter Eierdieb oder legte die Bäuerin oder vielleicht die polnische Zwangsarbeiterin eine milde Gabe in seine Schnauze? Wer weiß? Am besten spricht man nicht darüber, so wie es die Parole: *„Pssst, Feind hört mit"* verlangt.

Beide Familien waren nicht sonderlich musikalisch, obwohl die Großmutter oft sang. Doch gern hätten sie wieder ein Grammophon oder ein Radio gehabt, denn sie vermissten die gängigen Lieder – wie:

„Das kann doch einen Seemann nicht erschüttern ..." oder

„Davon geht die Welt nicht unter ..."

Deshalb schrieb Trude einen Brief an das Kreiswirtschaftsamt. Sie verwies darauf, dass sie schon vor Monaten einen Antrag auf Zuteilung eines Volksempfängers gestellt hatte, der unter N 250 bis 275 registriert war und schloss den Brief nicht mit 'freundlichen Grüßen', sondern mit dem damals zeitgemäßen
„Heil Hitler!"

Tatsächlich traf das Gerät nach einigen Tagen ein und bekam seinen Platz auf einer Konsole in der Stube. Großvater Anton, der abends von der Arbeit kam, kommentierte die Errungenschaft mit den Worten:

„Ah, da steht ja die Goebbelsschnauze."
„Pssst, nicht so laut Anton", wurde ihm bedeutet.

Ja, damals musste man überlegen, was man wo und wann sagte, und man wusste, wer Volksgenosse oder Parteigenosse war. Dieses Wissen beeinflusste die Wortwahl. Anton, überzeugter Sozialdemokrat, tat sich damit schwer. Ganz frei vom Zwang zur Anpassung blieb er indes auch nicht, denn er war Kriegsverpflichteter. Und führte Arbeiten, z. B. Brandschutz für die NS-Regierung aus. Das verschaffte ihm Zugang zu Materialien, die er auch für eigene Aufträge benötigte.

Die Großmutter schmierte ihm morgens Brote. Meist bekam er bei den Einheimischen aber etwas zu essen, dann blieben die Brote unberührt. Abends rief er Hannes zu sich.

„Sieh mal, was ich hier habe. Das ist Hasenbrot, sagte er, wickelte das Brot vorsichtig aus und gab es Hannes, der damit stolz

an den abends karg gedeckten Tisch lief.
Hannes argwöhnte, dass das mit den Hasen
nicht stimmen könnte. Er fragte deshalb:

*„Woher haben die das, die kriegen doch
gar keine Lebensmittelmarken. Und außerdem: Könntest du mir einen Hasen mitbrin-
gen?"*

„Ich versuche es", antwortete sein Opa.
Hannes blieb skeptisch und fand eines
Morgens heraus, dass die Stullen von seiner
Oma geschmiert und verpackt wurden. Die-
se Erkenntnis behielt er aber für sich und
fragte abends weiterhin:

„Opa, hast du Hasenbrot?"
Manchmal, wenn der Opa nur leicht mit
dem Kopf wackelte, drehte er sich schnell
weg, denn er wusste: Heute hatte Opa kein
Zubrot bekommen und hatte selbst Hunger
gehabt. Brot gab es nur noch gegen Lebensmittelmarken für die jeweilige Woche.
Bäcker Stut brachte es mit seinem kleinen
Lieferwagen. Wenn dann im Volksempfänger
eine Propagandasendung mit Reden von
Hitler, Goebbels oder anderen NS-Größen
ertönte, war alles gut. Manchmal hörten sie
aber gerade BBC London. BBC kündigte sich
laut und lange mit seinem '*Bum, Bum,
Bum, Bum*' an.
Dann folgte klar und deutlich:

„Hier ist der britische Rundfunk mit einer Sendung in deutscher Sprache."

Das zu hören war einerseits streng verboten, andererseits sehr informativ, genauer und glaubwürdiger als die deutsche Radiopropaganda. Kam jedoch ein Fremder oder

das Bäckerauto näher, dann wurde schnell der Ton weggedreht, und es hieß:

„Pssst, Feind hört mit!"

****

Die Räucherkate

Herbst 1943

Im Herbst wurde Hannes auf dem Dorf eingeschult. Hier gab es keinen Einschulungstest. Die Wörter *'Zwiebel, zwischen, Zwetschge'* hatte er unnötig geübt.
Die Schule lag am anderen Ende des Reihendorfes. Der Schulhof grenzte an den Bahndamm. Das Plumpsklo hatte hier zwei Türen mit dem Herz. Eine Seite war für Jungen, die andere für Mädchen bestimmt.
Zum Zwecke der Entlüftung ruhte das Dach auf Eckpfosten. Der Spalt zwischen Wand und Dach lockte größere Jungen gelegentlich, einen Blick ins Mädchenklo zu riskieren. Das brachte immer eine kleine Aufregung und manchmal eine Bestrafung mit sich.
Jeden Tag strebten die Kinder in kleinen Gruppen der Schule entgegen und mittags wieder nach Hause. Auf dem Rücken trugen die meisten einen Ranzen aus Pappmaché. Der Inhalt bestand aus einer kleinen, mit Holz umrandeten Schiefertafel, einem daran befestigten Griffel und einem Schwamm.
Der Unterricht begann mit dem lauten, gemeinsamen:

„Heil Hitler!" und der Antwort des Lehrers: *„Setzt euch!"*

Dann lasen sie im Chor:
„Ah, Papa ah!"
„I IMI I"
und
„Oh, Oma, oh!"
Zur Abwechselung war es dann wieder ganz
still, nur ihre Griffel kratzten reihenweise
Selbst- und Mitlaute in den Schiefer.
Wenn zwei Kinder miteinander tuschelten,
sauste der Rohrstock krachend auf die
Schulbank nieder, begleitet von:
*„Wenn ich euch noch einmal höre, gibt es
was auf die Finger."*
****

Hannes und auch Opa, bekamen morgens
eine Ermahnung mit auf den Weg. Zu Hannes gewandt sagte Trude:
*„Geh mit offenen Augen durch den Ort,
wenn du Leute siehst, schau sie freundlich
an und grüß schön. Denn mit dem Hute in
der Hand, kommt man durch das ganze
Land."*
An Anton, ihren Vater gewandt, hieß es:
*„Überleg dir gut, was du bei der Kund-
schaft sagst, keine politische Diskussion,
sonst holt dich eines Tages doch noch die
Gestapo."*
Insgeheim fragte sie sich:
„Ob das wohl fruchtet?"

Ob er nur Glück hatte oder wenigsten hin und wieder ihren Rat befolgte,
weiß Johannes heute nicht, aber sein Groß-vater kam unbeschadet durch die Zeit des 'Tausend jährigen Reiches'.

Verlief der Weg zur Schule auch strikt auf dem schmalen Fußweg an den Vorgärten entlang, so bot der Heimweg von der Schule durchaus Varianten. Man konnte, wie morgens, die Dorfstraße wählen und nach Belieben die Straßenseite wechseln. Verkehr gab es ja nicht. Der Bäcker hatte seine Tour erledigt, der LKW des Kohlenhändlers stand meist auf dem Hof und weitere Kraftfahrzeuge waren nicht vorhanden. Der Bus fuhr nur einmal morgens und einmal abends. Der Milchmann kam ihnen gemächlich mit seinem Gespann entgegen. Die Kinder schlenderten manchmal an beiden Seiten des Bahndammes entlang, und Größere – schon Mitglieder der 'HJ' – machten gern einen Schlenker in die Heide. Stolz erzählten sie von ihren Aktivitäten, und dass ihr *Führerbunker'* bald fertig sei. Den wollte Hannes auch sehen.

„Und zu den Pimpfen möchte ich", wandte er sich an seine Mutter. Die war da schon ein Stück weit von der NS-Ideologie abge-

rückt, obwohl sie vor ihrer Ehe als Sekretärin bei der NSDAP gearbeitet hatte.
Jedenfalls antwortete sie fest und laut:

„Das kommt überhaupt nicht in Frage, du kommst da nicht hin. Du sprichst nicht darüber, du hältst dich da heraus. Hörst du!"
Hannes schwieg dazu, brachte nur ein zaghaftes *'Ja, Mama'* über die Lippen und fügte sich für eine Weile. Eines Tages lief er doch mit in die Heide und schließlich neugierig die Schräge zum Eingang des *'Führerbunkers'* hinunter.

„Halt", rief ihn einer der Größeren an,

„wir sind hier die Adjutanten, hier musst du Haltung annehmen, den Arm zum Hitlergruß strecken, und 'Heil Hitler' rufen. Dann sagen wir dir, ob du eintreten darfst."

Im Kopf von Hannes fiel eine Klappe herunter, das war nicht seine Welt. Er ließ sich nichts anmerken, entgegnete nur:

„Aber, da ist ja keiner drin." Die Antwort hieß:

„Jetzt nicht, aber sonst."
Nachdenklich ging Hannes nach Hause. Der Mutter brauchte er das nicht zu erzählen. Er würde ihr höchstens sagen, dass er sich die Höhle angesehen hatte. Schwieriger war die Sache bei den großen Jungs. Man hatte zwar nicht immer zur gleichen Zeit Schul-

schluss, aber über kurz oder lang würde er sagen müssen, dass er nicht dabei sein wollte.

Was sollte er sagen, wenn sie ihn fragten:

„Warum nicht?"

Tagelang lief er sorgenvoll zur Schule und zurück. Dann kam ihm das Schicksal zu Hilfe. Während der Schulzeit heulten die Sirenen. Ein Tiefflieger jagte mehrfach über Dorf und Heide. Ein Maschinengewehr ratterte. Später gab es Entwarnung. Die Großen rannten in die Heide und kümmerten sich nicht um Hannes. Am Nachmittag verbreitete sich eine Nachricht wie ein Lauffeuer von Nachbar zu Nachbar. Die Höhle der Kinder war Ziel des MG-Feuers gewesen. Die breitgetretenen Zinkwannen und Blecheimer, die als Dach dienten, waren von einer MG-Salve zerlöchert worden. Gut, dass die Kinder da in der Schule gewesen waren. Jetzt erhielten alle das strikte Verbot, Höhlen zu graben. Sie durften nur noch *'Buschhöhlen'* bauen oder sich in die Tannenschonung verkriechen. Dort gab es keine Führerrituale, und Hannes konnte gelegentlich mitspielen, obwohl ihm das nun nicht mehr so wichtig erschien.

✳✳✳✳

Bei Fliegeralarm sahen sie Bomber, die in Geschwadern Richtung Ost oder Südost flogen. Hannes frage seine Mutter:

„Werfen die hier auch Bomben ab?"

Nein, hier wohnen zu wenige Menschen, das lohnt sich nicht, die werfen sie über einer Stadt ab. Dort ist es dann genauso schlimm, wie in Hamburg", war ihre lapidare Antwort.

Der Winter kam. Hannes fragte einen Kameraden, woher er denn den schönen, warmen Wollpullover hat.

„Den hat mir meine Mutter gestrickt", war dessen Antwort.

Hannes: *„Und woher habt ihr die Wolle?"*

Er: *„Die hat sie gesponnen, wir haben doch Schafe."*

Hannes: *„Wir aber nicht."*

Er: *„Dann musst du die Wolle vom Stacheldraht auf der Weide absammeln."*

Hannes wusste: *'Von denen bekommst du keine Wolle'.*

Er wusste auch nicht, ob seine Mutter stricken und spinnen konnte. Trotzdem trieb es ihn auf die Weiden. Bald merkte er, wie mühsam dieses Abzupfen war. Als es dämmerte, hatte er gerade einmal zwei Fäuste voller Schafwolle. Zu wenig! Zum Faden gedreht, reichte es gerade, um einen Fingernagel zu umwickeln. Er warf das kleine Knäuel in den Graben. Damit wollte er seiner Mutter nicht entgegentreten. Die Wolle war weg, aber die Erfahrung blieb in seinem Herzen. Es gab auch schöne Ereignisse, die Stadtkindern unbekannt waren. An warmen Sommersonntagen zogen die Kriegsmütter mit ihren Kleinkindern an die Kieskuhle. Alle durften ins Wasser, wenngleich sie – wie Hannes – nicht schwimmen konnten. Sie wurden nur ermahnt, sich vorsichtig mit den Füßen vorzutasten, sodass sie immer festen Grund fühlten. Besonders aufregend war das am Übergang zu der tiefen Furche, die der Bagger werktags in den Grund der Kuhle gezogen hatte.

Auch das Ringreitturnier weckte Erstaunen. Auf der Lichtung in der Heide standen zwei große Stangen – mindestens so lang wie zwei Männer übereinander. Oben verband ein Seil beide Stangen. An einem Haken in der Mitte hing ein etwa faustgroßer Ring. Bauernjungen kamen herangeritten. Ungeduldig wartete der Pulk am Start. Die Glocke schellte, der Erste preschte vor, eine Lanze in der rechten Hand haltend. Unter dem Hindernis streckte er sich, zielte und riss den Ring vom Haken. Applaus begleitete seinen Abritt. Die Glocke läutete erneut den gleichen Ablauf ein. Wer nicht erfolgreich durchkam, schied aus. Die Erfolgreichen formierten sich zum nächsten Durchlauf. Nur der Sieger ritt zum Abschluss bekränzt und mit einer Siegerscherpe vom Platz.

****

Das Kinderfest des Dorfes wurde auf dem Saal des Dorfgasthofes gefeiert. Die Kinder der zweiten und der dritten Klasse zeigten durch Gesang und Aufsagen, was sie gelernt hatten. Eine kleine Gruppe von Mus-i kerinnen wollte die Gäste erfreuen. Doch die beschäftigten sich an den Tischen mit sich selbst, den Freunden und mit ihren Kindern. Die Luft im Saal war geschwängert von fröhlichem Gemurmel, dem Duft von frischem Bohnenkaffee und Butterkuchen. An den Tischen der Einheimischen ging es besonders fröhlich zu. Sie feierten unbeschwert, altbewährt und köömbegleitet. Die ausgebombten Neubürger bemühten sich, dagegen nicht zu sehr abzufallen, hatten sie doch keinen Kööm und tranken sie seit Wochen nur noch Muckefuck. Ihre Stimmung stieg, als der Kellner eine Kanne an ihren

Tisch brachte, aus der es auch nach Bohnenkaffee duftete. So stark, wie sie ihn von
früher kannten, schien er nicht. Dafür
brachte der Kellner jetzt für jeden ein Stück
Butterkuchen. Leise flüsterten sie ihm zu:

„Dafür haben wir aber keine Brotmarken."

„De bruukt ji hüt ook nich", antwortete er
ihnen.

****

So erfreulich lief es Tage später nicht.
Freundliche Einheimische hatten der Familie
zwei Kaninchen geschenkt, Opa baute einen
Stall und einen Käfig für den Rasen hinter
der Räucherkate. Dort wurde der Käfig immer ein Stück weiter gerückt. Nun war
schon ein großes Stück davon leer gefres-
sen. Deshalb setzte sich Hannes abends mit
einem Korb in den Straßengraben und rupf-
te Gras, Klee, Löwenzahn, Sauerampfer und
sonstiges Grünzeug. Ein alter Mann radelte
heran, stieg ab, stemme die Fäuste in die
Hüften und wetterte:

*„Dat dörfst du nich, dat Stück heb ik
pacht. Maak dat du weg kummst. Ik will di
hier nich wedder seen, ans gifft dat ein Jack
full."*

Der Mann fuhr weiter. Hannes stand auf
und war sprachlos. Auch an der Straße, die
doch von allen genutzt wurde, durfte er also

kein Futter pflücken. Er begriff, dass die Bomben ihm nicht nur die Wohnung, sondern auch seinen geschützten Lebensraum genommen hatten. Hier war er nur geduldet.

****

Hannes verreist

In den Oster-, Sommer- und Herbstferien reiste Hannes regelmäßig zu Tante Frauke und Onkel Arnulf auf die andere Seite der Elbe. Die ersten Male fuhr er über Glückstadt mit seiner Mutter dorthin, bald schaffte er das auch allein. Über die Bahnhofstraße erreichten sie den Marktplatz, von dem alle Straßen sternförmig verzweigten. Geradewegs über den Platz führte sie ihr Weg zum Binnenhafen und von dort – der Wasserkante folgend – zum Außenhafen, wo damals noch die Fähren an- und ablegten. Hatte das Schiff die Rhinplatte umrundet, kreuzte es die Fahrrinne der Elbe und strebte der Wischhafener Süderelbe zu. Etwas landeinwärts beim Wischhafener Fährhaus endete die Fahrt hinter dem heutigen Sportboothafen. Ins Moor konnte man der Dorfstraße folgen und später rechts abbiegen. Dann kamen sie am Haus von Onkel Gustav vorbei. Der war Decksmann auf der Fähre Hamburg – Wischhafen, die damals noch existierte. Bogen sie jedoch vorher ab, dann nahmen sie den Weg über den Sommerdeich. Hannes merkte sich alles gut, denn bald wollte er allein reisen. Tante Frauke war – genau genommen – seine Großtante, denn sie war die Schwester seines im 1. Weltkrieg gefallenen Großvaters. Hannes merkte bald, dass dieses 'gefallen sein' kein aufgeschlagenes Knie, sondern andauernde Abwesenheit bezeichnete.

Onkel – also richtig – Großonkel Arnulf sprach nur Platt. Hannes lernte das schnell, denn hier war er sofort Teil einer großen Familie.

Abends saßen alle um den langen Küchentisch herum. Die eiserne Pfanne mit den nach Speck und Zwiebeln duftenden Bratkartoffeln stand zunächst am Kopfende, wo sich der Hausherr und die Hausherrin vorrangig bedienten. Dann wurde die Pfanne Platz um Platz weiter gereicht bis noch zwei Kinderportionen übrig blieben – für Ellen und den Gast.

Genau genommen gab es noch mehr Kinder, nämlich Maria, Hartmut, Arthur und Hinnerk, die waren jedoch fast erwachsen. Von Hinnerk gab es nur ein Foto, denn auch er war schon für Deutschland gefallen, wie es hieß.

Der Hof lag nicht wirklich im Moor, sondern auf fruchtbarem Marschland. Das erstreckte sich rechts der Straße tief ins Land und auf der gegenüberliegenden Seite etwa

100 m weiter. Dann änderte sich die Boden-
beschaffenheit. Onkel Arnulf sagte:

*„Bi de Versetten, in dat Huus, daar wohnt
een Hex."*

Ob das Spaß war oder ob er es selbst ein
Stück weit glaubte, wusste Hannes nicht,
aber durch seinen Großvater hatte er ja
erfahren, dass nicht alles richtig war, was
Leute sagen oder glauben. So verinnerlichte
er zwar den Spruch, nicht aber dessen Wer-
tung. Er genoss die Lebensart und die Er-
fahrungen, die er hier machte. Das fing
schon morgens an. Auch hier kam das Wasser für die morgendliche Körperpflege aus
einer Pumpe, aber die förderte kein Grundwasser, sondern gesammeltes Regenwasser
aus einer Zisterne. Das musste für Mensch
und Tier reichen und wurde im Sommer
manchmal knapp. Vormittags beschäftigten
sich die Kinder meist in der Küche, auf der
Diele oder im Garten. Oft durften sie kleine
Handreichungen erledigen, wie Gemüse aus
dem Garten holen, Erbsen palen, Wurzeln
schaben, Bohnen schnippeln oder Rosenkohl
putzen. Rotkohl, Weißkohl, Blumenkohl oder
Steckrüben schnitten die Großtante oder
deren größere Tochter selbst. Wenn das Essen auf dem mit Torf beheizten Herd blub-
berte, saßen die beiden Kinder gern da-

neben auf der Torfkiste und ließen die Beine baumeln. Genüsslich nahmen sie den Geruch des kochenden Essens und das Gespräch der Erwachsenen auf – zumindest bis Ellen plötzlich aufsprang und rief:

„Jetzt spielen wir!"
Dann lief sie an den Küchenschrank und zog ein Wollknäuel heraus. Sie und Hannes übten sich darin, den Faden mehrfach zwischen den Fingern beider Hände zu verbinden, um ihn dann wieder gekonnt zu lösen. Zur Abwechselung spielten sie *'Oma plätschert lustig in der Badewanne'.* Dieser Satz wurde oben quer über ein Blatt Papier geschrieben, und das Blatt nach jedem Wort gefaltet. Jeder schrieb nun unter *'Oma'* einen anderen Namen aus der Familie. Dann falteten sie den Namen zu, tauschten die Zettel, und der jeweils Andere fügte ein Verb ein. Weiter hieß es, Papier falten, wechseln und schreiben bis der Satz fertig war. Lauthals wurde dann vorgelesen, welche komische Tätigkeit die Tante, die Mutter oder sonst wer aus der Familie vollbrachte. Meistens brachen sie darob in schallendes Gelächter aus. Tante Frauke – scheinbar nur mit dem Kochen beschäftigt – griff manchmal behutsam ein, indem sie die Kinder aufforderte, noch etwas Torf aus dem Torf-

schuppen oder Gemüse aus dem Garten zu holen. Mittags kamen Onkel Arnulf und Sohn Hartmut vom Acker in die Küche. Im Sommer löffelte die ganze Familie meist leckere Suppe, z. B. *'saure Suppe mit Rauchfleisch und Backobst'*. Wenn Kirschsuppe mit Grießklößen auf dem Tisch stand, hauten sich Hartmut und Hannes den Bauch so voll, dass sie sich nur noch über den Hof in den Geräteschuppen schleppen konnten. Unter dessen Dach lag Stroh. Dort schliefen sie so lange bis sie sich wieder bewegen konnten.- Unter ihnen waren die Geräte abgestellt. Mit einem hölzernen Schlitten fuhr der Bauer im Winter ins Moor, weil die beiden Pferde den Wagen nicht durch den aufgeweichten Marschboden ziehen, konnten. Pflug, Egge und ein Heuwender waren typische Arbeitsgeräte. Mit dem Leiterwagen fuhren sie die Ernte ein. Rüben wurden eingemietet, und für das Getreide besaßen sie sogar eine Dreschmaschine.

Hannes hatte schon gut Plattdeutsch gelernt, aber als sein Onkel sagte:
„Tokom week wüllen wi meien", musste er doch nachfragen. Sein Onkel baute sich deutlich vor ihm auf und formulierte erneut und deutlich:
„Tokamen week wüllen wi meien."

Der Groschen fiel bei Hannes in Pfennigen.

'Zukommende Woche?' ... Dann hellte sich sein Gesicht auf, und es platze aus ihm heraus:

„Ach so, nächste Woche wollt ihr mähen." Er hatte ohne Dolmetscher verstanden und merkte es sich sein Leben lang.

In der nächsten Woche ging Hartmut noch früher als sonst zur Arbeit. Schon morgens um vier Uhr schnappte er sich die Sense mit dem langen und eine mit halblangem Stiel. Mit der langschäftigen Sense mähte er einen Streifen am Graben frei; dort wo Gras und Weizen gemischt wuchsen. Was hier lag, wurde Viehfutter. Dann begann sein eigentliches Tagewerk. Einen Morgen, also eine Fläche von 50 mal 50 Meter, musste er schaffen. Mächtig zog er jetzt die kürzere Sense durch das Meer der Halme. Mit jedem Schritt lag ein Büschel richtungsgleich neben dem anderen. Nach dem Frühstück kam die Jungbäuerin (seine Schwester Maria) mit Ellen und Hannes dazu. Jeder stellte sich vor eine Reihe des geschnittenen Getreides. Sie breiteten ihre Arme aus, bückten sich und rafften so viel Halme zusammen, wie sie auf einmal erfassen konnten. Jetzt griffen sie davon – mit rechts – eine Hand voll Halme ab, umschlangen damit das Bund, verknoteten den zuvor gegriffenen Strang und traten zwei Schritte vor. Nun wiederholten sie den Arbeitsgang. Zur Mittagszeit hatten sie das gemähte Korn auf diese Weise gebunden. Es lag in Reihen vor ihnen. Also schritten sie diese erneut ab, jeder griff mit links und rechts ein Bund. Sie liefen aufeinander zu, öffneten die Arme weit auseinander und senkten sie. So stieß das Schnittende der Garben etwa einen Schritt breit voneinander entfernt auf die Erde, und die Halme neigten sich gegen einander. Es entstand eine Hocke. Waren die Ähren dann trocken, kam Arnulf mit dem Pferdewagen, um es zum Dreschen einzufahren. Auf seine eigene Dreschmaschine war der Onkel mächtig stolz, musste das Getreide doch nun nicht mehr – wie noch vor wenigen Jahren – auf der Tenne mit dem Dreschflegel gedroschen werden.

Doch die Entwicklung ging in den folgenden Jahren rasant weiter. Schon im nächsten Jahr saß Hartmut auf dem von Fanny gezogenem Seitenmäher, der die gemähten Halme auch gleich mit einem Bindfaden umschlang und das Bund abrutschen ließ. Heute sind die meisten Felder durch Flurbereinigung vergrößert, Spezialfirmen befahren sie mit riesigen Mähdreschern. Kein

Pferdefuhrwerk fährt mehr Kornsäcke ein, sondern große LKW bringen das Getreide als Schüttgut in die Silos der Genossenschaft oder der Getreide AG.

Wie man sich einen Hofhund zum Freund macht, lernte Hannes von seinem Klassenkameraden. Hier übte er den Umgang mit Gänsen, Hühnern, Schweinen, Kühen und Pferden, soweit ein Stadtjunge das eben kann. Die Hühner und Gänse rief er heran, streute Körner aus, scheuchte das Geflügel abends in den Stall und suchte die Eier, die sie versteckt hatten. Als Ersatz verteilte er hier und da ein Kalkei.

Fasziniert vernahm er auf der Diele ein leises *'Ga, Ga Gack'* aus einem aufgehängten Jutesack.

„Das ist die Glucke, die soll Eier ausbrüten", erklärte die Tante. Tatsächlich liefen bald ein paar gelbe, flaumweiche, faustgroße Küken piepsend durch die Küche. Tags darauf pickten sie schon draußen im Vorgarten unter einem Drahtverschlag. Der gab ihnen Schutz vor Hofhund, Katze, Habicht und anderer Unbill.

****

Lärm und Lachen ließen die Kinder aufhorchen. Ihre Blicke trafen sich. Ohne Worte wussten sie:

„Daar mööt wi hen!"

Sau und Eber waren aus dem Stall gelassen worden. Der Eber rannte hinter der Sau her und versuchte, sie zu bespringen. Kaum hatte er das geschafft, fuhr er seinen Penis aus. Der suchte sein Ziel. Beherzt packte die heranwachsende Bauerntochter zu und half dem Glied einzudringen. Nach kurzem Grunzen und Schnauben verlor sich die Hektik. Die Tiere wurden der offenen Stalltür zu getrieben. Um neue Ferkel musste sich niemand mehr Sorgen machen.

„Hannes, vun Obend muss du wedder Netteln rieten, de meng ik jümmers ünner dat Schrot", sagte die Tante noch, dann verschwand sie Richtung Küche. Jeder wandte sich wieder seiner Arbeit zu. Die Kinder türmten Dosen auf und versuchten, möglichst viele mit einem Stoffball umzuwerfen.

* * **

Nach kurzem Grunzen und Schnauben verlor sich die Hektik.

Die weißen Wolken am Himmel türmten sich immer höher auf. Am Nachmittag gab es plötzlich einen lauten Knall. Blitz und Donner folgten, Platzregen setzte ein. Die Kinder saßen fasziniert auf der Fensterbank. Langsam ließ der Regen nach. Mit dem letzten Tropfen liefen sie barfuß über den Backsteinweg, glitschten über den grünen Gänsekot und sprangen auf die hofnahe Weide. Barfuß durch nasses Gras, das war wahre Wonne, sie lachten einander zu. Fast gleichzeitig verstummten und erstarrten sie. Ja, Starre, das war es auch, was sie entsetzte. Drei langgestreckte Gänsehälse – parallel nebeneinander – lagen steif im Graben – auch Leib und Füße leblos.

„Der Blitz hat sie erschlagen", rief Hannes, „ich weiß das. Bei uns im Dorf wurde ein Bauernjunge in der offenen Dachluke stehend vom Blitz erschlagen".

Die Tante wurde herbeigerufen, sie seufzte, packte die toten Tiere und deponierte sie neben der Küchentür. Später schaffte sie es, die Kadaver – von den Kindern unbemerkt – zu entsorgen.

In den nächsten Kartoffelferien näherte sich Hannes – spät abends über den Binnendeich und die hintere Weide kommend – dem Hof. Dort, wo der siebzigjährige Onkel ihm gezeigt hatte, dass er noch die Flanke über das Gatter schafft, stand jetzt der ausgewachsene Hofhund *'Nelly'*, der Ostern noch ein Welpe gewesen war. Der kläffte den herannahenden Jungen aber nicht an, sondern wedelte freudig mit dem Schwanz. Hannes begrüßte den Hund mit der Frage:

„Na, Nelly, hast du mich wiedererkannt?" und wurde seinerseits wenig später von seinem Onkel auch mit einer Frage empfangen:

„Keen kümmt denn daar to nachtslapen Tiden?"

Schlafengehen war nach dieser späten Anreise wirklich angezeigt. Aber diesmal wurde ihm nicht – wie sonst üblich – das gemeinsame Bett mit dem großen Sohn der Familie zugewiesen. Er wurde nach rechts in die andere Knechtekammer geschickt. Die ging auch von der Diele ab und hatte keine Tür zum Wohnbereich, sondern links eine feste Wand zur Speisekammer hin und rechts eine Bretterwand zur Pferdebox.

„Du büst nu all groot nuch för de Knechte-

kamer, un wenn vun Nacht de Peer ramen-
tert oder gegen de Wand slogt, do muss du
di nix bi denken, de verjaagt man bloß de
Ratten. Nu good Nacht", sagte der Onkel
und ging.

Ja, die Pferde waren inzwischen die Freunde von Hannes. Er durfte sie – Fanny und
Lissi – von der Weide holen und dort später
auch wieder abhalftern. Er, eigentlich ein
Stadtkind, das nur durch die Bombenan-
griffe aufs Land kam, durfte sogar auf ihnen
reiten. Das blieb allerdings sein einziger
Versuch. Denn mit seinen kurzen Beinen
fand er auf dem breiten Rücken des Acker-
pferdes keinen Halt, rutschte nach wenigen
Metern wieder herunter und erklärte spon-
tan und fest:

„Das mache ich nicht noch einmal."
Die Pferde freute das wohl. Willig ließen sie
sich von ihm das Zaumzeug anlegen und an
loser Leine führen. An der Deichsel der
Sonntagskutsche wurde ihnen das Zugge-
schirr angelegt.

„Vun Daag mutt ik tun Aftheker. To Foot is
mi dat to wied, meist 10 Kilometer een
Weg! Do neemt wi de sünndaagsche
Kutsch", sagte der Onkel und *Hüüh* ging es
los.

Vom Hof fuhren sie auf die Straße und

bogen nach etwa 100 m gleich wieder in einen Feldweg ein. Lange lagen die Weiden und Felder des Hofes an ihrer rechten Seite, ehe sie den nächsten Wettern auf einer Holzbrücke überquerten. Bald erreichten sie die Kreisstraße und ihr folgend den Marktflecken mit der Apotheke. Diesmal blieb Hannes geduldig auf der Kutschbank sitzen, denn er war ja schon einmal von einem Pferdewagen gefallen und wollte kein zweites Mal hören:

'Du bist ja auf den Kopf gefallen'.

Auch wenn sie es nicht wollen, Freunde können uns doch verletzen. So passierte es auch zwischen Hannes und Fanny. Ungeübt wie er war, pflückte er frische Kräuter und streckte sie über das Gatter den Pferden zu. Freudig schnappte Fanny nach dem frischen Grün und klappte Ober- und Unterkiefer zusammen. Instinktiv ließ Hannes das Büschel los und zog die Hand zurück. Doch er war nicht schnell genug. Ein Schneidezahn traf auf den Zeigefinger und schlug eine Wunde ins Fleisch – so groß wie ein Fingernagel. Onkel Arnulf verband den Finger und ermahnte Hannes:

„Wenn du de Peer wat to freten geven wullt, musst du dat ook richtig maken. Du

musst dien Hand ganz flach und stief ma-
ken, dat Fudder daar op leggen und jüm
de utstreckte Hand ruhig henhollen. Denn
schleckt se di dat sacht vun dien Hand."
So, nun wusste er es ein für alle Mal. Wenige Tage später ging er mit den Mädchen
auf die Weide zum Melken. Über seinen
kläglichen Versuch, ein paar Tropfen Milch
aus den Zitzen zu ziehen, konnten die nur
lachen. Nun ermunterten sie ihn, doch
einmal auf einer Kuh zu reiten, weil es auf
dem Pferd doch nicht geklappt hatte. Die
Kuh lag so schön ruhig im Gras, da konnte
man es doch versuchen. Er schwang ein
Bein über ihren Rücken, saß und lachte
stolz – die Mädchen schallend.
 'Nur, wie steht eine Kuh auf?'
Sie tat es unverzüglich, die Hinterbeine
streckend. Hannes kippte nach vorne. Nun
streckte die Kuh mit einem Ruck die Vorder-
beine. Hannes wurde nach hinten geschleu-
dert, stürzte mit gestrecktem Arm auf die
rechte Hand. Bleich und schmerzverzerrt
näherte er sich den Mädchen, denen das
Lachen im Halse stecken blieb. Es folgten
tröstende Worte, und als das Melken beendet war, zogen alle drei schweigend dem
Hofe zu. Onkel Arnulf war ungewöhnlich ru-

hig, besah sich den inzwischen blau ange-
laufenen Ellenbogen und bestellte aus-
nahmsweise den Landarzt. Der stellte fest:
„Nicht gebrochen nur verstaucht" und verordnete Ruhigstellung. Hannes marschierte
mit dem Arm in einer Schlinge ein paar
Tage majestätisch durch Hof und Garten,

dann kehrte er zum normalen Bewegungs-
ablauf zurück.

****

Barfuß sprang er mit seiner Kusine auf
dem Hof herum. Plötzlich schrie er *'Aua'*,
schlug den linken Fuß über das rechte Knie
und zog einen rostigen Nagel aus seiner
Fußsohle. Der herbeigerufene Onkel ließ
eine Speckschwarte holen, legte ein Buchenblatt, Speckschwarte, Moos und ein
weiteres Buchenblatt aufeinander. Das
Päckchen kam auf die Wunde, wurde mit
einem Bindfaden verschnürt, eine Socke
darüber gezogen, und mit Sandalen konnte
Hannes weitergehen. Fertig! Er humpelte
davon, Druck auf den linken Fuß vermei-
dend. Als er das noch am nächsten Tag
praktizierte, heischte ihn sein Onkel an:
*„Wat humpelst du noch, pett man düchtig
op, ans warst du noch een Kröpel."*
Ein Orthopäde hätte keinen besseren Rat

gewusst. Hannes tat, wie ihm gesagt wurde, und es tat ihm gut.

****

Auch um das Seelenheil von Hannes war Onkel Arnulf besorgt. Denn eines Tages fragte er ihn:

„Segg mol, büst du egentlich al döft?"
Hannes wusste es nicht und auch nicht, was eine Taufe ist. So schickte der Onkel die Kinder am nächsten Sonntag in die Kirche. Vorher steckte er Hannes noch einen Schein über 2 RM in die Manteltasche und sagte:

„So, düssen Schien giffst du deen Pastor in sien Klingelbütel. Und segg man dütlich wok'een du büst. Und mark di, wenn du in de kamende Ferien wedder kamen wullt, denn musst du döft sien. Heiden könnt wi hier nich bruken."
Der Gottesdienst gefiel Hannes. Die Gemeinde war auch ganz locker. Man guckte sich an und um, sprach bei der Predigt miteinander, die Kinder feixten und kicherten. Zu Hause hatte Ellen viel zu erzählen – wer da war, wer was erzählt hatte und, und, und. Alles war gut an diesem Sonntag.

****

Flüchtlinge kommen

Ende 1944 erhielten die Ausgebombten, allerdings ohne eigenes Zutun, einen etwas besseren Status. Nun kamen viele Flüchtlinge aus den deutschen Ostgebieten. Im Dorf lebten binnen kurzem genauso viele Neubürger wie Einheimische. Jeder musste Wohnraum abgeben. Die Ankömmlinge wurden gegebenenfalls zwangsweise einquartiert. Dadurch wurden die Butenhamburger nun Altansässige.

****

Container-Wohnraum – wie heute – gab es nicht. Nur in den Städten der britischen Besatzungszone wurden Nissenhütten – halbrunde Wellblechbauten – aufgestellt.

Bäuerin Frieda Frantzen verschaffte sich durch den Bau eines Behelfsheimes etwas Luft. Sie bot es der Familie von Trude zur Miete an und überließ ihnen auch einen Garten, der von ihrem Geestfeld abgeteilt wurde. Die Familie mietete das Behelfsheim – obgleich noch unfertig – an. Trude, Hannes und seine Schwester erhielten die Südseite zugesprochen. Die Großeltern und die Tante übernahmen freiwillig die Nordseite. Es war Glück im Unglück, das der Familie zu Hilfe kam. Thomas war zu dieser Zeit bei

Stalino an der Ostfront. Dort traf ihn ein Granatsplitter und durchschlug seine Schädeldecke an der linken Schläfe. Ein Sanitäter legte ihm sofort einen Druckverband an. Im Feldlazarett half Thomas beim Verladen der Schwerverwundeten ins Lazarett-Flugzeug und erhielt dafür einen Stehplatz für den Heimflug. So hatte er im richtigen Augenblick Genesungsurlaub. Hannes durfte ihm helfen, im unfertigen Behelfsheim den Fußboden zu verlegen. Auf dem geebneten Sandboden wurden Abschnitte der Fußbodenbretter und ein oder zwei Streifen Dachpappe mit Abstand platziert und nivelliert. Darauf legten sie erst Balken und dann die Fußbodenbretter. Sie begannen an einer Wand.

„Es reicht nicht über die ganze Länge. Wir müssen es 'von Längen' schneiden, sodass es einen Balken halb bedeckt. Dann schneiden wir das nächste Brett zu und legen es 'auf Stoß' daneben. In der nächsten Reihe machen wir das ebenso – aber mit versetztem Stoß. Dann klopfen wir die Bretter in Nut und Feder zusammen. Nut ist der Schlitz auf dieser Seite des Brettes. Die Feder sitzt auf der anderen Seite. Sieh, hier wurde oben und unten etwa ein Drittel weggefräst, sodass ein Steg blieb, der in die

Nute passt. Wenn ich die Bretter auf die Balken nagele, mache ich das verdeckt, schräg durch Feder und Vollholz. Dafür nehme ich einen Senkstift, und damit nichts abplatzt, musst du die Nägel vorstauchen. Setz den Nagel mit dem Kopf auf den großen Vorschlaghammer, der auf dem Boden liegt, halt mit Daumen und Zeigefinger den Nagel senkrecht und schlag mit dem kleineren Hammer die Spitze breit", erklärte der Vater.

Sie machten sich freudig und einträchtig an die Arbeit. Hannes holte die Wasserwaage und schaute, ob die Blase wirklich in der Markierung ruhte. Bei Bedarf schoben sie ein Stück Sperrholz oder Dachpappe zwischen Klötzchenstapel und Balken oder Brett. Auch beim Einbau der Fenster und Türen durfte Hannes mithelfen, indem er Keile holte und sie zureichte. Vater und Sohn waren stolz und glücklich. Großvater Anton gab dem Holz mehrere schützende Anstriche, und sie konnten in das Behelfsheim einziehen, sobald sie im Garten eine Pumpe, eine Senkgrube für das Abwasser und im Stallanbau ein Plumpsklo hatten.

****

Es war auch wichtig, dass zusätzlicher

Wohnraum fertig wurde, denn immer mehr Flüchtlinge kamen aus den verlorengegangenen deutschen Ostgebieten. Die Ankömmlinge waren vor den heranrückenden russischen Soldaten geflohen und erreichten nun Orte im Westen. Auch hier warteten schon zwei Familien bei Frieda Frantzen, um die Räucherkate als Wohnung zu übernehmen.

Am Tage des Einzugs kam die Bäuerin zu Besuch und brachte mit guten Wünschen ein Geschenkpaket. Es enthielt einen kleinen Beutel mit etwas Brot und Salz, um den an geeigneter Stelle zu deponieren, damit auch in Wirklichkeit immer Brot und Salz im Hause sein mögen. Vielleicht hat der Wunsch geholfen. Die Speisekammer war in der Folge zwar manchmal leer und die Familie nagte des Öfteren am Hungertuch, aber es reichte schließlich zum Überleben. Für die nächsten Tage jedenfalls hatte die Vermieterin ein Brot und ein Stück Wurst beigelegt. Und noch etwas enthielt das Paket – ein weißes Frotteehandtuch, auf das ihr Name gestickt war. Das wurde aber nie benutzt, es wurde auch nie darüber gesprochen, und Hannes hat jahrzehntelang nicht daran gedacht. Der alte Johannes weiß auch heute nicht, ob er es als Kind überhaupt je gesehen hat. Erst fast 25 Jahre nach dem Tode seiner Mutter fiel es ihm – wie neu aussehend – in seine Hände. Das war nach dem Tode seines Vaters, als er dessen Haushalt auflöste. Ihm ist es ein Rätsel, warum das Handtuch so lange so gut verwahrt wurde. Wurde es so in Ehren gehalten, weil es damals ein so außergewöhnliches Geschenk war und so herzlich übergeben wurde? Oder wurde es – womöglich – mit den Worten übergeben:

„Hier, dat Handdoch. Is ut mine Utstüer, dat köönt ji erstmol hebben, ji könnt mi jo een Handoch wedder geven, wenn de Tiden wat beter sünd."

Denkbar ist diese Variante, denn die einzige Erinnerung, die Johannes an Frieda Frantzen hat, ist der Satz seiner Mutter:

„Wir würden Haus und Grundstück ja gern kaufen, aber Frau Frantzen kann nicht 'Ja' und nicht 'Nein' sagen."

****

Noch bevor im Behelfsheim alle Sachen ihren Platz gefunden hatten, war der kurze Genesungsurlaub zu Ende, denn Thomas wurde 'kv-geschrieben', das hieß, er war wieder kriegsverwendungsfähig. Trotzdem machte sich ein neues Lebensgefühl breit. Nun hatten sie nicht nur eine Notunterkunft, sondern erneut mit eigenem Einsatz ein neues Zuhause gefunden. Doch, ob sie hier sesshaft werden oder wieder in das zerbombte Hamburg ziehen würden, das war ungewiss.

Für Hamburg bestand eine Zuzugssperre – auch für Butenhamburger.

Vorerst wurden sie hier heimisch. Inge hatte viele Freundinnen. Wenn Hannes fragte:

„Wo ist eigentlich Inge?" Dann antwortete seine Mutter meist:

„Ach die ist wieder über alle Dörfer."
Das war allerdings nicht wörtlich zu nehmen, denn Inge verließ das Dorf nicht, sondern spielte nur mal mit dem einen, mal mit dem anderen Nachbarkind. Von dort kam sie eines Tages aufgeregt nach Haus gerannt. Sie wusste doch von zu Hause, dass man bestimmte schlimme Wörter nicht gebrauchen darf. Jetzt platzt sie heraus:

„Mama, Mama, ich war bei Steinke. Da ging die Glühbirne kaputt. Opa Steinke wollte auf den Tisch steigen, um sie zu wechseln, aber er kam nicht auf den Stuhl hoch und rief 'heev mi mol den Mors hoch."
Trude drücke die verstörte Tochter an sich, strich ihr über den Kopf und sagte ganz ruhig:

„Ja, meine Kleine, so etwas sagt man eigentlich nicht, aber ein alter Mann darf das auf Plattdeutsch schon mal sagen."

Im Gegensatz zu seiner kleinen Schwester war Hannes immer leicht zu finden, ihn fand man ganz sicher auf dem Bauernhof gegenüber. Aber Oma Ella und Trude hatten ihn auch gern als kleinen Helfer im Garten, der von dem großen Geestfeld abgeteilt worden war. Anfangs gab es hier keinen Baum und keinen Strauch, allerdings auch deutlich weniger Quäke als vorher im Garten an der Räucherkate. Trotzdem musste der Boden gut durchgearbeitet werden. Dann häufelten sie zwei Spargelbeete auf, die sollten den Westwind ein wenig brechen. Es folgten weitere Beete und die nötigen Gartenwege. An den ersten warmen Frühlingstagen säten sie Samen aus, drückten Löcher für Setzlinge in die Beete und vergruben ein paar vorgekeimte Kartoffeln. In der Folgezeit musste fleißig Unkraut gezupft werden. Der trockene Geestboden verlangte zudem ein ständiges Wässern der jungen Pflanzen.

Hinter vorgehaltener Hand erzählten sich die Leute, dass es in Hamburg und in der Kreisstadt einen Schwarzmarkt gäbe. Die beste 'Währung' sei die Zigarettenwährung. So entschlossen sich Ella und Trude, auch Tabak anzubauen. Ihre Überlegung war, dass dadurch Ella zu der schmalen Ration ein paar selbst gedrehte Zigaretten haben würde. Noch einfacher wäre das für Anton, der ja ohnehin nur Stumpen oder Zigarillos rauchte. Er wäre komplett Selbstversorger und könnte seine Zuteilung in Zigaretten beziehen, die hätte man dann zum Eintauschen gegen Sachen des dringenden Bedarfs. Schön und gut, aber zunächst müssten erst einmal Tabakpflanzen her. Das könnte doch am besten der Nachbar Otto Luttmann erledigen, der hätte die besten Kontakte:

„Nur was geben wir ihm zum Tausch mit?", fragten sie sich.

„Weißt du Mama, in Inges Kinderwagen hatte ich doch unseren Fotoapparat verwahrt und so gerettet. Filme gibt es auch nur noch auf dem Schwarzmarkt. Die Kamera können wir entbehren. Ich frage Otto mal." Nun, Otto Luttmann war gefällig und offensichtlich auch der richtige Mann für solche Fälle. Wenige Tage später brachte er den Gegenwert in Form von 200 englischen Zigaretten. Ein paar bekam er gleich wieder mit – zum Erwerb der jungen Tabakpflan-

zen. Ob er damit die Stecklinge direkt erwarb, oder einen Ringtausch einfädelte, blieb sein Betriebsgeheimnis.

Mit der Tabakproduktion selbst ging es nicht so schnell. Zwar wuchsen die Pflanzen, dank der Bewässerung gut an, sie waren auch mit dem kargen Boden zufrieden, aber ihr Wachsen dauerte viele Wochen. So lange musste das konkurrierende Unkraut gezupft werden, und gegen Windbruch erhielten sie Pflanzenstäbe. Als sich im Spätsommer die Blätter verfärbten und zu schrumpfen begannen, fingen Ella und Trude an, diese von unten nach oben zu ernten. Das erstreckte sich über mehrere Wochen. Zuletzt sammelten sie noch die Samen ein. Auf einer Schnur aufgezogen, hingen die Blätter zunächst ein paar Tage unter dem Dachüberstand zum Trocknen. Aber Oma Ella bangte um ihren Schatz und sagte zu ihrer Tochter: *„Wir trocknen die Blätter besser in den Abseiten, bis wir sie verarbeiten, sonst werden sie uns noch gestohlen."* So taten sie es und holten sich Rat für die weitere Behandlung. Sie lernten, dass die Blätter unterschiedliche Namen hatten – je nach dem an welcher Stelle des Stieles sie wuchsen. Bestimmte Blätter eigneten sich für Zigarillos — andere besser für Schnitttabak. Sie

mussten den Trocknungsgrad sorgfältig be-
achten, denn davon hing die Fermentierung
ab. Bis in den Winter hinein hatten sie so
allabendlich eine interessante und lehr-
reiche Beschäftigung.

****

Hannes findet einen Freund

Der Schulweg durch das lange Reihendorf wurde für Hannes deutlich länger. Wegen der vielen neu angekommenen Flüchtlingskinder richtete die Schule im Saal eines Gasthauses im Nachbarort eine weitere Klasse ein. Deshalb mussten die Kinder dorthin. Auch von der Räucherkate bis zum Behelfsheim verlängerte sich der Weg noch einmal um etwa 500 m. Gern schloss sich Hannes deshalb dem großen Bauernjungen von gegenüber an. Auf dem langen Schulweg wurden sie schnell unzertrennliche Freunde.

Schon am ersten Tag kamen sie wegen des eingeführten Schichtunterrichts früh zurück, und Peter Bode lud Hannes mit zu sich nach Hause ein.

Als sie den Hof erreichten, stand Peters Mutter, Lotte Bode, vor ihrer zweiteiligen Küchentür. Sie hielt ihre Arbeitsschürze, in der sie Futter trug, angehoben; griff hinein und streute mit geübter Hand Körner vor sich auf die Erde. Eine große Schar von Hühnern lief zusammen, gierig die Körner pickend. Die Bäuerin hockte sich daneben.

Dann geschah es. Blitzschnell packte sie das letzte Huhn, das vor ihr wackelte, mit ihrer linken Hand an den Beinen. Stand auf, griff mit der rechten Hand das Beil vom Hauklotz, drückte das Tier auf denselben, trennte mit einem kurzen Schlag den Kopf von Rumpf des Tieres und ließ es los. Kopflos flog der Körper noch etwa 7 m durch den Garten, ehe er, noch zuckend, liegenblieb. Dort ergriff sie das leblose Tier erneut, und hängte es kopfüber vorerst unter den Dachüberstand.

„Ach, heute gibt es bei uns Hühnersuppe", kommentierte Peter den Vorgang. Hannes staunte und verstand, zumal die Bäuerin bald darauf die großen Federn abrupfte und zur Seite warf, ehe sie sich an die Halbdaunen machte, die sie in einem Beutel sammelte. Dann trennte sie den Körper auf, entnahm die Eingeweide und ging in den Garten, um Gemüse zu holen.

∗∗∗∗

Hannes bekam an diesem Tag zu Hause Kartoffelmus mit einem Spiegelei. Unaufgeregt schilderte er seiner Mutter, was er gegenüber gesehen hatte. Die hörte es sich genauso ruhig an und merkte sich die Reaktion ihres Sohnes für eine andere, anstehende Aktion, die jedoch noch einige Zeit warten konnte.

Die Kaninchen hatten sich vermehrt, Weihnachten war nahe, der alte Rammler sollte zum Fest in die Pfanne. Als es so weit war, steckte Trude das dicke Kaninchen in einen Sack, band den zu, drückte ihn Hannes in die Arme und sagte:

„Bringe das Tier zum Nachbarn, damit er es schlachtet, das wird unser Weihnachtsessen."

Hannes machte sich nicht die Mühe zur Straße zu gehen, dann hätte er ja drüben wieder die Zuwegung auf den Hof nehmen müssen. Geradewegs schritt er über das Feld auf den Schuppen zu. Wortlos übergab der Junge den Sack. Schnell griff der Nachbar danach, zog das zappelnde Tier an den langen Ohren heraus und versetzte ihm einen gezielten Schlag mit dem Hammer an den Kopf.

„Das ist, damit es nichts mehr spürt", war der kurze Kommentar dazu. Über einer Schüssel durchschnitt er dem Kaninchen die Kehle und hängte es zunächst an den Hinterläufen oberhalb der Kniegelenke auf, sodass es ausblutete. Anschließend enthäutete er das Tier, nahm es fachgerecht aus, entfernte die Innereien, separierte jene, die nicht zum Verzehr geeignet waren und übergab das Fleisch samt Sack wieder an

Hannes mit guten Wünschen für die Mutter.

Dem uneingeschränkten Toben auf dem Bauernhof stand vorerst noch der kläffende, knurrende Hofhund entgegen, der an einem vom Haus zur Scheune gespannten Draht wild hin und her sprang. Aber Peter wusste Rat.

„Wir gehen vorerst nicht durch die Hoftür. Da kriegt der Hund dich gleich zufassen, der lässt keinen Fremden über den Hof. Komm, wir klettern daneben auf die Kaninchenställe und lassen die Beine in den Hof baumeln. Wir sprechen mit dem Hund, bis er sich beruhigt." Und tatsächlich – nach ein paar Tagen kläffte und knurrte der Köter nicht mehr. Nun musste es sich zeigen.

„Ich gehe jetzt durch die Hoftür und warte neben unserem Hund. Dann kommst du. Du darfst aber nicht schnell über den Hof laufen. Du musst dich erst neben den Hund stellen und ihn streicheln", riet Peter.-

Hannes erinnerte sich, dass sein Vater ihm schon viel über Schäferhunde erzählt hatte, und tat, wie ihm geheißen wurde. Es klappte, der Hund leckte über die Hand des Jungen. Das war eine Eintrittskarte auf Dauer.

Schon am nächsten Tag nahmen sie den Weg von der Küche über die Diele in den Hof.

„Hier riecht es aber sauer", bemerkte Hannes auf der Tenne.

„Ja, das kommt von unserer Dranktonne, da werfen wir immer die Reste vom Essen hinein. Das kriegen die Schweine zu fressen. Komm, ich zeige dir die Ferkel", erwiderte Peter. Eine Zeit lang beobachteten sie die quiekenden Kleinen und die grunzende Sau. Dann wechselten sie zu den Kühen, traten auf den Hof, streichelten den Hund, jagten die Katze und kletterten auf die Ackergeräte. Ja, auf dem Hof war immer etwas los, und niemand störte sie. Liefen sie aber über die Straße in Lottes Obstgarten, dann wurden sie ganz schnell von ihr zurückgerufen. Denn die Früchte ihrer Arbeit wollte sie uneingeschränkt selbst ernten. Bei Regenwetter durften die Kinder in der guten Stube spielen. Sie steckten die sechs runden Schienen seiner Eisenbahn – Größe 0 – zusammen, zogen die Lok auf, koppelten Tender und die zwei Personenwagen an und ließen den Zug seine Runden drehen.

Bei Hannes spielten sie mit dessen Mutter meistens Karten- oder Brettspiele. Darüber hinaus hatte Hannes seine kleine Schar Spielzeugsoldaten, die er lieber nur hervorholte, wenn er sich allein damit beschäftigte. Die Gefahr war zu groß, dass wieder einer von ihnen ein Bein oder einen Arm verlor. Dann wäre noch einer kampfuntauglich; es gäbe keine Angriffssituation mehr.

Wenn Oma Mieke zu Besuch war, blieben die Soldaten sowieso in ihrer Schachtel. Peter kam dann noch öfter zu Besuch und zu Hause schwärmte er:

„Mama, die Oma von Hannes, die kennt Spiele, das ist ganz toll."

Mit dem Winter kamen Schnee und Eis. Jetzt liefen sie gern über die Weiden und suchten in den Gräben nach Stellen, wo sich Eis wie eine Glasscheibe gebildet hatte, weil das Wasser darunter abgelaufen war. Sie freuten sich, wenn es unter ihrem Hacken knackte und klirrte. Für die beiden Jungen war es ihr *'Bong-Eis'*.

Dann im Februar gab es einen schönen, sonnigen Tag, nur der Wind wehte noch schwach, aber kühl.

Lotte scheuchte die Hühner ins Freie, kehrte den nach Süden hin verglasten Stall gründlich aus, kalkte die Wände, fuhr einige Schubkarren Sand hinein, verteilte ihn gleichmäßig und harkte ein hübsches Muster hinein. Diesmal durften die Kinder das Geharkte sogar betreten, denn Lotte sagte zu ihnen:

„So Kinners, nu dröft ji daarin speelen –

ein poor Daag lang – bit dat die Küken ut de Eier kaamt. Denn kaamt de hier in.
De Heuner slaapt blank an in deen annern Stall."

Die beiden Jungen waren begeistert. Herrlich hell und warm schien die Sonne hinein, und im frischen Sand legten sie eine lange Straße in Form einer Acht an. Die war mindestens dreimal so groß, wie die von Hannes und Gerhard in der Hamburger Sandkiste vor der Ausbombung. Als Autos hatten sie sich ein paar trockene Äste zurechtgebrochen. Nun konnten sie mit Inbrunst die Straße abfahren und ihr Spiel *'Du warst nicht zu Hause'* immer wieder neu durchspielen, denn Peter hatte bei Oma Ella gesehen und gehört, was ein Telefon ist, und wozu man es gebrauchen konnte. Ihre 'Telefone' waren freilich nur imaginär; in Wirklichkeit benutzten sie dafür Holzscheite.

Bald spielten sie wieder draußen und durchstreiften den Hof, den Garten, die Schuppen, die Ställe und die angrenzenden Weiden.

Respektvoll lief Hannes jedes Mal den schmalen Sandstreifen zwischen Stallwand und Jauchekuhle ab, denn beim ersten Mal hatte Peter ihn gewarnt:

„Daar dröfst du nich rinfallen, daar kannst

du in versupen, tominnerst stinkst du ganz
bannig und dien Tüch kriggst du dien Leven
nich wedder rein."

Hannes nahm es sich zu Herzen und ihm
passierte auch nichts.

Eine kleine Begebenheit bleibt noch zu
erzählen, weil sie an die Entbehrungen der
Evakuierten in der Kriegszeit erinnert. Wieder
liefen die beiden Jungen um die Hofgebäude
und über die Weide. Es war ein schöner
Sommerabend und Lotte melkte die Kühe.
Eine große Milchkanne stand neben ihr
und darauf ein feinmaschiges Sieb zum
Filtern. Als sie die frisch gemolkene Kuhmilch
dort hineingoss, türmte sich in dem
Sieb ein Berg von Schaum auf. Davon durften
sich die Kinder mit ihren Fingern etwas
abnehmen. Hannes kannte das bislang
nicht, fand aber Gefallen daran. Der
Schaum schmeckte lecker, der Körper verlangte
nach mehr, und irgendetwas erinnerte
ihn an das Naschen von Butter aus dem
Fass nach der Ausbombung. Jedenfalls
langte er immer wieder zu, auch als Peter
schon längst gelangweilt neben ihm stand.
Dann hörte er Lotte, die ihren Sohn um
Übersetzung bat:

„Peter, segg Hannes, dat he nu ophörn
schall, ans kriggt he vun Abend noch richtig

118

Buukkniepen."

Hannes verstand auch ohne Übersetzung, dass jetzt Schluss mit Schlecken und Naschen war, glaubte das mit den Bauchschmerzen aber nicht und empfand den Abbruch als verfrüht.

Der alte Johannes entschädigt sich heutzutage gern mit einigen Löffeln Sprühsahne aus der Dose. Aber dann drängt sich eine stille Ermahnung in sein Gedächtnis: *'Jetzt ist aber Schluss, denk an deinen Bauch'*; und er hat die Kraft, bald aufzuhören, denn er weiß, dass er sich wenigsten so weit beherrschen muss.

****

Ein Zwischenfall

Unrecht hatte Lotte damals mit ihrer Ermahnung wohl doch nicht, denn am nächsten Tag rumorte es in Hannes' Bauch kräftig. Immer wieder fragte er sich:
„Wann ist endlich Schulschluss?"
Mit dem letzten Klingeln sprang er auf, raffte die Schulsachen zusammen, schloss sich der ersten Gruppe von Kindern an, die heimwärts eilten und winkte dem verdutzten Peter nur kurz zu. Heute war es ihm sehr recht, dass der noch mit anderen klönte.

„Bis nach Hause muss ich durchhalten," hämmerte es in seinem Kopf, und er war jedes Mal erleichtert, wenn sich wieder ein Kind verabschiedete. Doch auch das Rumoren verstärkte sich von Minute zu Minute. Jetzt bog der letzte Begleiter ab. Endlich war Hannes mit seinem Grummeln im Bauch allein. Er müsste nur noch an ein paar Häusern vorbei sein, dann hätte er es geschafft. Allein, es half nicht, so sehr er auch die Pobacken zusammen kniff, plötzlich entleerte sich der Darm, und eine braune Masse flutschte in die Hose. Wieder warnte ihn sein Gehirn:
„Pass auf, dass die Brühe nicht am Bein

herunterläuft und die Kniestrümpfe auch noch etwas abkriegen."
Es half nicht, das Unglück nahm seinen Lauf – und der Junge Kurs auf das heimische Plumpsklo. Entledigte sich der verschmutzten Kleidung, säuberte sich so gut es ging mit dem bereitliegenden Zeitungspapier, stütze die Ellenbogen auf die Oberschenkel, das Gesicht in die Fäuste und weinte bitterlich.

Aus tränenzerflossenen Augen bemerkte er unvermittelt vor sich eine kleine, niedliche Feldmaus, die ihn ruhig ansah. Das wirkte tröstlich, doch ratlos war er immer noch.

„Was soll ich nur tun?"– *„Weiß ich auch nicht,"* entwickelte sich der lautlose Dialog zwischen beiden, als Hannes die Stimme seiner Mutter aus der Küche hörte:

„Junge, wo bleibst du. Ich warte mit dem Essen."

„Ich kann nicht kommen!"

„Nun mach schon, das Essen wird kalt."

„Macht nichts, ich kann nicht."

„Junge, was ist denn?" fragte sie, nun vor der Klotür stehend.

„Ich habe in die Hose gemacht."

„Ach, das passiert manchmal sogar Erwachsenen. Bring die Sachen mit herein, ich

wasche die, und du bekommst neue Wä-sche." Endlich war er erlöst. Eilte mit der Schmutzwäsche unter dem einen Arm und dem Ränzel unter dem anderen ins Haus. Sekunden später stand er splitterfasernackt in der Zinkwanne. Die Mutter hatte das heiße Wasser von den Kartoffeln hineingegossen und Kaltwasser hinzugegeben. Nun rieb sie Kernseife in den feuchten Waschlappen und dann ihren Jungen kräftig sauber, wickelte ihn in ein Badehandtuch, hob ihn an ihre Brust, legte ihn aufs Sofa, holte noch die Bettdecke aus dem Dachgeschoss und verschwand mit den Worten:

„Schlaf dich gesund, ich bringe dir später Grießbrei, morgen ist alles wieder gut." Leise schloss sie die Tür zur Küche, ging zur Pumpe, füllte den großen Zinktopf zur Hälfte mit Wasser, und erhitzte das auf dem Herd für die anstehende Kochwäsche. Später entleerte sie noch die Zinkwanne, füllte erneut Wasser und das Waschbrett hinein, um dann die Kochwäsche mit einem Holzlöffel aus dem Topf zu fischen. In der Wanne ruffelte und spülte sie nun die Kleidung, wrang sie halbwegs trocken, bevor sie diese draußen auf die Leine hing.
Waschmaschinen und Trockner hatte man damals noch nicht.

Die dritte Verwundung

Nach seinem Genesungsurlaub wurde Thomas auf die Kriegsschule nach Dresden abkommandiert, dort zum Fahnenjunker befördert und anschließend als MG-Schütze an der deutschen Ostfront eingesetzt.

Schmerzverzerrt rief er nach einem Sanitäter, als ihn eine Gewehrkugel im rechten Oberarm traf. Der 'Sanitäter' verband die Wunde und sagte:

„So Herr Fahnenjunker, ist erst einmal gut. Sie wollen uns doch nicht im Stich lassen? Wir kämpfen doch bis zum Endsieg."
Die Worte verfingen nicht mehr. Thomas antwortete nur:

„Männer, ich kann euch nicht mehr helfen. Die Kugel steckt noch im Arm. Ich kann das MG nicht mehr bedienen. Ich muss ins Feldlazarett, wir haben sowieso kaum noch Munition."
Im Feldlazarett konnte die Kugel auch nicht herausoperiert werden. Sie saß zu nahe am Ellenbogen, und der Schleimbeutel wäre beschädigt worden. Thomas bat um Genesungsurlaub in Richtung Heimatlazarett. Den erhielt er, nachdem er sich bereiterklärte, für zwei weitere Verwundete das Kommando zu übernehmen. Denen nahm er

unterwegs das Versprechen ab: *'Baut keinen Mist'* und entließ sie zu ihren Familien. So befand er sich kurz vor Kriegsende im Heimatlazarett, wo die Kugel auch nicht entfernt werden konnte.

Über 50 Jahre steckte sie im Fleisch. Dann war sie bis kurz unter die gerötete Haut gewandert und wurde in einem Hamburger Krankenhaus mit leichten Schnitt entfernt.

Kriegsende

Als die letzte NS-Regierung am 8. Mai 1945 kapitulierte, lag Thomas noch im Heimatlazarett und wurde vorübergehend interniert. Trude verfolgte seit Wochen alle Nachrichten über die Kriegslage besonders intensiv. Ende April nahm sie die bronzene Hitlerbüste vom Gläserschrank und stellte sie vorerst auf den Küchentisch. Zu Hannes sagte sie:

„So Hannes, die brauchen wir nicht mehr, die schadet uns nur noch, die verbuddeln wir jetzt und reden auch nicht darüber."

Hannes nickte zustimmend, hatte sein Großvater doch oft genug darüber gelästert und das Ding für unsinnig gehalten. So trug er die Büste hinaus, während seine Mutter aus dem Stallanbau einen Spaten holte. Am Ende des Gartens, dort wo sie gestern noch die Fäkalien aus dem *'Goldeimer'* vergraben hatten, hoben sie nun erneut ein Loch aus, diesmal aber doppelt so tief. Hannes ließ die Büste hineinfallen. Dumpf schlug sie auf. Erde darüber, Umwurf, Furche wie gehabt fortsetzen und die Umgebung frisch harken. Fertig, sieht aus wie immer. Zufrieden gingen sie ins Haus.

****

Wenige Tage später erreichte die britische Besatzungsmacht auch das Reihendorf. Ein Militärfahrzeug durchfuhr langsam die Dorfstraße. Zwei Soldaten mit umgehängter MP gingen von Haus zu Haus. Hinter den Gardinen beobachteten die Bewohner das Geschehen.

Bei Trude blieben die Soldaten länger als erwartet. Nachdem sie gegangen waren, kam der Nachbar herüber.

„Die Briten waren ja lange bei dir. Ich habe Schlimmes befürchtet, habe schon nach einem Spaten gegriffen und wollte sie verjagen", brach es aus ihm heraus.

„Nein, nein, schon gut so. Wir haben uns nur unterhalten, soweit mein Englisch reichte. Das waren zwei Familienväter. Sie sind auch froh, dass der Krieg nun zu Ende ist und wünschten meinem Mann gute Besserung."

****

Thomas kehrt heim

Nach langer Umarmung löste sich Trude von ihrem heimgekehrten Ehemann und wandte sich den Kindern zu:

„Seht her, euer Papa ist da, begrüßt ihn schön."

Sie taten es artig – Hannes spürte jedoch, dass es diesmal anders war als bei früheren, kurzen Urlauben und tat es mit den unausgesprochenen Worten:

„Was will der denn hier? Ist der wirklich mein Vater?"

Vielleicht merkte Thomas etwas davon. Seine späteren Annäherungs- und Erziehungsversuche waren holprig. Einzelheiten dazu hat der alte Johannes inzwischen verdrängt, aber ein Grundempfinden davon hat er immer noch.

Wie ging es damals weiter? Nun, Thomas musste des Öfteren ins Lazarett zur Kontrolle und erhielt mit zunehmender Genesung den dringenden Rat, den Arm in Bewegung zu halten, damit der nicht stärker verkrümmt und steif würde. Im Nachbarort fand sich ein Tischler, bei dem Thomas gegen Mithilfe volontieren konnte. Mit Handhobel und Raubank hobelte er Bretter glatt, denn eine elektrische Hobelmaschine oder einen Abrichter gab es dort nicht. Seinem verletzten Arm tat das gut, wenngleich eine gewisse Versteifung für den Rest des Lebens blieb. So brauchte er künftig zum Essen immer ein besonders großes Besteck.

****

An Tagen, an denen alles gut lief, war er ein liebevoller Vater. Doch die Tage verliefen oft anders – und dann geprägt von hilflosen Erziehungsversuchen. Das lag wohl auch daran, dass er seinen Vater schon als Kleinkind im 1. Weltkrieg verloren hatte. So kam es zu Sprüchen wie diesen:

„Wie sehen deine Haare wieder aus? Geh hin und kämm dich!"

„Mit den Fingern setzt du dich an den Tisch? Ab, Marsch! Finger waschen!"

„Zeig mal deine Fingernägel! Los – sauber machen!"

„Sitz gerade, Bengel! Oder du bekommst Backpfeifen!"

„Wenn du jetzt nicht ruhig bist, schlage ich dich windelweich."

„Wo bleibt das Kind nur? - Na, warte, dem will ich Mores lehren."

„Was hast du nun schon wieder angestellt? Muss ich dir erst ein 'Jackvoll' geben?"

„Hab nicht ständig Widerworte, oder du

kriegst was hinter die Löffel."
Wenn sich solche Sätze häuften, obwohl er doch kaum Widerworte hervorbrachte, wusste Hannes:
‚Auf Schläge musst du nicht mehr lange warten'.
  Dann rief er sich ein Märchen in Erinnerung, in dem ein gepeinigter Junge als er groß ist, sogar einen Riesen besiegte.

Grün ist die Heide

Der Krieg war jetzt ein Jahr zu Ende. Am Vorabend zu Trudes Geburtstag knöpfte sich Thomas seinen Sprössling vor:

„Hast du ein Geschenk für deine Mutter?"
Die Antwort:
„Nein, es gibt ja nichts, ich habe auch kein Geld."
„Aber Blumen kannst du pflücken, verdammter Bengel."
Der Sohn:
„Nööö, ich klaue keine!"
Der Vater mit hochrotem Kopf:
„Na warte, ich werde dir Beine machen. Ab in die Heide, und komme ja nicht ohne Ginster wieder oder ich schlage dich windelweich."

Der Junge rannte los, brach und riss an den grünen Sträuchern, bis er einen großen Strauß mit gelben Blüten in den geschundenen Händen hielt. Den reichte er tags darauf artig seiner Mutter. Von Herzen kam dieser Strauß aber nicht.

****

Der kalte Nachkriegswinter

Doch es gab auch lange entspannte Zeiten zwischen Vater und Sohn, denn beide bemühten sich immer wieder um ein gutes Miteinander. So kam kein böses Wort vom Vater, als Hannes an einem schönen Sommerabend über den Stall und das Dach auf den First kletterte. Dort blieb er stolz rittlings sitzen, blickte und winkte in die weite Landschaft. Vom Vater hörte er nur freundliche Tipps für den Rückzug.

Apropos, Rückzug! Drinnen spielte Hannes nun nur noch selten mit den Spielzeugsoldaten, denn man war froh, dass Deutschland jetzt befreit war, und dass die Waffen schwiegen. Thomas erklärte seinem Sohn, dass Deutschland nun keine Feinde mehr hatte. Zum Spielen besaß Hannes einen wunderschönen Holzlaster, den sein Opa rot und blau angestrichen hatte, und einen Satz Bauklötze. Damit baute Hannes immer wieder Häuser, Brücken und Türme. Anfang Dezember 1946 – zu seinem Geburtstag – vergrößerte sich sein Bestand an Spielzeug um einen Stall mit Futterkrippe und Hannes hoffte, dass zu Weihnachten Pferd und Wagen folgen würden. Sein Vater hatte das da schon längst in Arbeit. So fanden die Kinder am Heiligen Abend unter dem Baum tatsächlich die ersehnten Sachen: Inge ein prächtiges Puppenbett mit einer hübsch angezogen Puppe und Hannes einen Leiterwagen und zwei Pferde. Die passten genau in den Stall und steckten ihr Maul in die Krippe. Mit einer kleinen Leine konnte er sie aber auch vor den Leiterwagen spannen. Wie man mit Pferd und Wagen umgeht, das wusste er ja.

****

Schon am nächsten Morgen mussten die neuen Spielsachen weggeräumt werden. In der engen Stube wurde der gerettete Wohnzimmertisch ausgezogen und weiße Bettlaken als Tischdecke daraufgelegt. Sieben Teller, Bestecke und zwei Schüsseln, eine mit Kartoffeln die andere mit grünen Bohnen, wurden gedeckt, denn zum Festessen kamen auch Opa, Oma und Tante Hella. Als alle heiter plappernd um den Tisch saßen, brachte Trude den lecker duftenden Kaninchenbraten mit einer köstlichen Soße heran. Sie ließen es sich munden und waren guter Dinge, doch die Mutter dachte im Stillen an ihre leere Speisekammer. Dort lagerten nur noch ein paar Hülsenfrüchte, ein paar Haferflocken und Kartoffeln für zwei Mahlzeiten. Trude sprach ihre Sorgen jetzt nicht aus. Wie alle, so hatte auch sie gelernt, dass man in diesen Zeiten *'von der Hand in den Mund lebte'*.

****

Der Winter 1946/47 war extrem kalt. Tagelang wehte schon ein eisiger Ostwind, der von Zeit zu Zeit feine Schneeflocken vor sich hertrieb. Der Boden war tief gefroren, teils blank gefegt, teils mit Schneewehen bedeckt. Die Versorgung mit frischem Wasser gestaltete sich schwierig, denn die Pumpe, obwohl mit Stroh umwickelt, war eingefroren. Sie musste mühsam aufgetaut werden, oder man musste Schnee schmelzen.

Als Thomas nach Neujahr zur Arbeit ging, verabschiedete er sich mit den Worten:

„Das sind Verhältnisse wie in Russland, nur hier spürt man die Kälte mehr – wegen der Feuchtigkeit. In Russland konnten wir die Kälte von minus 40° C noch aushalten. Aber wer seine Fußlappen nicht gut gewickelt hatte, dem sind die Zehen abgefroren."

Im Allgemeinen sprach er nicht über das Geschehen im Krieg, und wenn, dann erzählte er meistens die Vorgeschichten zu seinen drei Verwundungen.

Am späten Nachmittag sagte Trude zu

ihrem Sohn:

„Wir haben nicht mehr viel zu essen. Bei dieser Kälte klappt der Nachschub auch schlecht, sowieso ist weiterhin alles rationiert; aber Opa hat noch eine Zusage für Milch und ein Stück Speck vom Bauern im Nachbardorf, wo er vorige Woche gearbeitet hat. Zieh dich warm an, dann kannst du die Sachen holen. Du musst nicht die lange Strecke neben der Straße nehmen. Es ist das große Bauernhaus dahinten am Horizont. Du kannst über das Feld und die Wiesen laufen."

Sie gab ihm eine Strumpfhose, Kniestrümpfe und den Pullover, den sie mittlerweile auf irgendeine Art besorgt hatte, half ihm in die Gummistiefel und in sein Wollmäntelchen. Jetzt bekam er noch eine Pudelmütze aufgesetzt, einen Schal um den Hals gewickelt und die Zwei-Liter-Kanne sowie einen Stoffbeutel in die linke Hand gedrückt. Mit einem Streicheln über den Kopf, einem Kuss auf die Wange und den Worten *'Tschüss, mach's gut'* schob sie ihn zur Tür. Er ergriff die Klinke, drückte die Tür gut eine Handbreit gegen den Winddruck auf, wurde wie der fliegende Robert samt Tür hinausgeschleudert und landete in der Nähe der Pumpe auf der gefrorenen Erde.

„Oh je, hast du dir wehgetan?", fragte seine Mutter.

„Nein, nein ist schon gut, aber was ist mit der Tür?"

„Da können wir jetzt nichts machen. Das Türblatt ist in ganzer Länge abgebrochen, wir müssen auf Vater warten, hoffentlich kommt er pünktlich nach Hause. Er wird die Tür reparieren. Gott sei Dank haben wir wenigstens noch die Küchentür. Es wird trotzdem kalt werden. Aber mach dir keine Sorge. Du musst jetzt los. Wenn du zurückkommst, ist vielleicht schon alles wieder gut."

Er ging ans Ende des Gartens, wechselte dort in die Ackerfurche bis zum Graben der Frieda Frantzens und Lotte Bodens Felder trennte. Dem Graben und seiner Nase nach stapfte er vom kalten Ostwind geschoben nach Westen, die Augen stets auf den Boden gerichtet, um für jeden Schritt sicheren Halt zu finden. Manchmal verbreiterte sich der Graben etwas. Dann hatte er eine Eisfläche vor sich, und wenn nicht zu viel Gras über das Eis ragte, konnte er sogar ein Stück glitschen. Am Ende des Feldes verlief ein breiterer Quergraben, der bildete die Grenze zwischen den Dörfern. Im Sommer war er zu breit. Die Kinder konnten ihn dann nicht überspringen, aber jetzt bildete das Eis eine natürliche Brücke. Hannes stapfte weiter über die Weide und über den Hof, den er nur aus der Ferne kannte. Als er an die zweiteilige stabile Küchentür trat, wurde ihm so richtig bewusst, wie einfach, die eben zerbrochene eigene Haustür war. *'Wirklich nur ein Behelfsheim,'* dachte er.

Dann stieg ihm ein herzhafter Duft von Bratkartoffeln in die Nase und Heißhunger in ihm auf. Vielleicht würde er auch hier – wie bei seinem Onkel – zu Tisch gebeten. Hoffnungsvoll klopfte er und hörte ein deutliches:

„Kumm man in, ik weet, du büst de Enkel vun deen Moler, willst Melk und Speck holen."

Begleitet von diesen Worten griff sie nach der Kanne und verschwand für kurze Zeit in der Speisekammer, kam mit Speck und Kanne zurück, drückte ihm diese in die Hand und ein eingewickeltes Stück Speck in die kleine Manteltasche. Mit den Worten:

„Nu mach man, dat du na Huus kummst, bevör dat düster ward, un pass op, dat du nich hensleist, dat dien Moder oog noch wat vun de Melk hett", drängte sie ihn an die Tür.-

Hannes musste sich kräftig gegen den heftigen, eisigen Ostwind stemmen und darauf achten, dass die steife Seite des Henkels gegen den Wind wies. Ständig musste er die Kanne von einer Hand in die andere wechseln, weil die wollenen Fausthandschuhe doch nicht genug wärmten. Diesen Wechsel nutzte er stets, um mit dem Handrücken, die triefende Nase zu putzen, bevor der Tropfen anfror. Als er sich über die Weide mit ihren vielen gefrorenen Maulwurfshaufen bis an den Graben zurück gekämpft hatte, gab es für ihn eine kleine Erleichterung. Linker Hand, wo das Land zum Hof von Lotte Bode gehörte, stand ein kleiner junger Wald, der ihm Windschutz bot. Erst bei ihrem Apfelgarten hörte der auf, aber dann erreichte Hannes auch den eigenen Garten. Zu Hause war sein Vater schon mit der Reparatur der Tür beschäftigt. Er erwiderte den Gruß von Hannes kurz und mürrisch, verkniff sich diesmal aber die von Hannes erwarteten Vorhaltungen. Die Mutter nahm Milch und Speck entgegen. Sie verkniff sich ihrem Unmut nicht und murmelte vor sich hin:

„Da hat Opa wohl wieder einen zu niedrigen Preis ausgehandelt, bei dem bisschen

Speck, ich muss fragen, ob das so ausge-
macht war."

****

Die Kälte blieb, der Nachschub an Brenn-
stoff stockte. Es wurde immer schwieriger,
die kleine Küche warm zu halten. Im ganzen Haus waren die Scheiben schon seit
Wochen zugefroren. Immer mühsamer wurde es, ein Guckloch hineinzuhauchen. An
manchen Tagen brachte Thomas Späne und
kleine Holzreste in einem Eimer mit nach
Hause. Aber des Öfteren fiel in der Werkstatt nichts an, oder sie brauchten es für
den Leimofen. Als Thomas das erste Mal
Späne mitbrachte, unterwies er Hannes in
deren Verfeuerung:

*„Hobelspäne kannst du – wie Papier – zum
Anzünden verwenden, oder vorne nachlegen, wenn das Naturholz nicht richtig
anbrennt. Sägespäne darfst du nie auf Glut
schütten, dann explodieren sie. In der
Werkstatt hat solch eine Explosion sogar
schon die Eisenplatten, die wir zum Auf-
leimen von Furnier verwenden, vom Leimofen geworfen. Sägespäne darf man nur in
den abgekühlten Ofen einbringen. Sorgfältig
feines Brennmaterial, wie Holzsplitter,
Hobelspäne, Pappe oder Papier so davor-
legen, dass die Zugluft das Feuer entfacht*

*und die Sägespäne von vorn nach hinten
verbrennen."*

Hannes verstand es. Feuer kann be-
herrschbar sein. Trotzdem drängten sich die
Bilder von dem Küchenofen in München und
von der Hamburger Bombennacht in seinen
Kopf.

****

Die kleine Ration an Spänen reichte nicht,
Brennholz und Briketts waren verbraucht.
Die Eltern tuschelten. *„Die Einheimischen
haben ausgewachsene Bäume in ihren
Gärten. Die lichten sie jedes Jahr und sie
sägen und hacken und legen Brennholz-
stapel an. Sie sind nicht auf eine Brenn-
stoffzuteilung angewiesen. Sie sind Selbstversorger. Unser Garten ist zu neu, wir
haben keine Bäume, den Stachelbeer-
strauch und die zwei Johannesbeerbüsche
benötigen wir noch, und die würden sowieso
keine Wärme bringen. Wir brauchen einen
Baum aus dem Wald. Aber wenn man im
Privatwald erwischt wird, muss man den
Baum durch das ganze lange Reihendorf bis
auf den Hof der Sperrholzfabrik schleppen.
Wird man im Staatsforst erwischt, kommt
man in der Kreisstadt vor Gericht und wird
bestraft. Was soll man nun tun?"*

Thomas entschied sich für den Staatsforst,

wurde gestellt, kam 'bedröppelt' ohne Baum nach Hause und später vor Gericht.

Auch ohne Prangerlauf blieb der Vorfall nicht geheim. Das hatte immerhin den Vorteil, dass nun die Nachbarn beschämt etwas Brennholz herausrückten, wenngleich sie anmerkten, dass auch ihre Vorräte nicht üppig seien und viel Mühe gekostet hatten. So kam die Familien doch noch ohne Erfrierungen durch diesen extrem kalten Winter.

Vor Gericht schilderte Thomas später seine Not- und Zwangslage in der Hoffnung auf einen Freispruch. Doch die Nachkriegsstaatsmacht erwies sich als informiert und forderte Raison ein, so verkündete der Richter:

„Sie haben sich des Waldfrevels und des versuchten Diebstahls schuldig gemacht. Mildernde Umstände kann ich nur bedingt ansetzen. Sie hätten noch den Holzzaun aus ihrem Garten verheizen können. Ich verurteile sie zu 30,00 RM-Geldstrafe, ersatzweise zu fünf Tagen Haft."

Thomas zahlte die Geldstrafe. Gefängnis wäre ehrenrührig gewesen, und außerdem hätte er für die Gefängniskost Lebensmittelmarken hergeben müssen.

****

Im darauffolgenden Winter ging es wieder

um einen Baum, diesmal um den Weihnachtsbaum. Wie immer sollte am Heiligen Abend eine Tanne geschmückt werden. Es wurden aber keine angeboten. War es, dass die jungen Bäume für die Aufforstung gebraucht wurden, oder wurden sie zurückgehalten, weil man von einer kommenden Währungsreform munkelte?

In der Dämmerung schlich Hannes mit einem 'Fuchsschwanz' unter dem Mantel in die nahe Schonung und sägte mit klopfendem Herzen einen Baum ab. Ein wenig stolz, aber auch leicht verängstigt und bedrückt, zerrte er ihn in die Stube. Doch statt Lob oder Trost erntete er Hohn und Spott, nur, weil er in Angst und Eile einen Baum mit zwei Spitzen erwischt hatte. Trotzig erklärte er:

„Das war sowieso das erste und letzte Mal. Dann haben wir am nächsten Weihnachten eben keinen Baum."

Er konnte noch nicht wissen, dass im nächsten Jahr die DM kam und mit ihr alles, was man brauchte.

****

Aber selbst, wenn er es gewusst hätte, ein zweites Mal hätte er sowieso keinen Baum aus der Schonung gestohlen, jetzt plagte ihn schon sein Gewissen. Ja, seit der

Kapitulation gab es in der Schule wieder Religionsunterricht und außerdem kümmerten sich inzwischen Missionare um das Seelenheil der Kinder. Eine Familie im Ort hatte ihnen einen Raum zu Verfügung gestellt. Dort gab es Kindergottesdienst, den Hannes gern besuchte. Hier hörte er, von einem Vater, der über allen Menschen steht. Also steht er auch über seinem Vater, mit dem Hannes des Öfteren nicht zufrieden war.

„An Gottvater kann man sich im Abendgebet wenden und um Hilfe bitten", sagten die Missionare. Das kam den Gedanken von Hannes entgegen, doch nach und nach erkannte er, dass Gott noch unergründlicher war als das Tun und Sagen der Menschen. Hannes beschloss, ihn sein zu lassen, wie er eben ist, ihm aber doch einen Platz in seinem Herzen zu geben.

So bat er seine Mutter, ihn bei der Kirche im Nachbarort zur Taufe anzumelden, was sie auch tat. Ein paar Tage später, als die Kinder allein waren, klopfte jemand an die Haustür:

„Ist Frau Sydow da, hier ist der Pastor."

„Nein, meine Mutter ist in der Stadt, wollen Sie hereinkommen?"

„Nein, mein Junge, lass die Tür man zu

und auch keinen anderen Menschen herein,
solange ihr allein seid."

„Na gut", antwortete Hannes; Schwester
Inge schwieg zu allem.

Das langgestreckte Heidedorf hatte damals noch keine Kirche. Die Taufkirche
konnte man vom Behelfsheim aus nicht sehen. Sie lag so weit weg, dass die Kinder
sie auch bei ihren Ausflügen in die Heide
vorher nie gesehen hatten. Nur nach
Südwesten hin konnte man bei guter Sicht
den Turm einer anderen Kirche am Horizont
erkennen. Fremd war den Kindern ein
Gotteshaus dennoch nicht, sie kannten die
imposante Kirche der Kreisstadt. Am 13.
Juli 1947 wurden Hannes und Inge in der
Kirche des Nachbarortes getauft.

****

Ein Gegenbesuch

Wieder gab es Herbstferien, Hannes war jetzt fast zehn Jahre alt und groß genug, um seine ältere Kusine für ein paar Tage vor Ferienende zu einem Gegenbesuch mitzunehmen. Für sie war das sehr aufregend, hatte sie ihr Kirchspiel doch noch nie verlassen. Zitternd stand sie an der Reling der Fähre und beobachtete staunend, wie sich das schmale Wasser der Wischhafener Süderelbe nach wenigen Minuten in den breiten Elbstrom ergoss. In Glückstadt ließ sie sich von Hannes mehrfach bestätigen, dass er auch den Weg zum Bahnhof wisse. Den Zug kannte sie nur als daumengroße Silhouette mit kleiner Rauchfahne am fernen Horizont. Hier schnaufte nun ein riesenhaftes Ungeheuer mit polternden Personenwagen heran. Sie sprang zurück, umklammerte Hannes und schrie gegen den Lärm:

„Ik fohr daar nich mit!"
Hannes schob sie vorsichtig dem Trittbrett vor einer offenen Waggontür entgegen:

„Nun sei kein Frosch, steig ein, ich fahre doch auch immer zu euch", sagte er ihr.
Was sollte sie auch tun?
Fände sie die Fähre?
Würde die so spät noch fahren?

Es musste sein.

Mit einem Schwung war sie oben. Hannes folgte ihr. Bewundernd sah sie Bäume, Telegraphenmasten und Häuser scheinbar am Zugfenster vorbeifliegen. Zu kurz war die Reise, aber zu Hause würde sie viel erzählen können. Hannes war froh, für die Rückreise war er entlastet, sein Vater würde die Kusine zurückbringen.

Der tat es. Noch herrschte Mangel an Nahrungsmitteln, weshalb viele Hamsterer unterwegs waren. Thomas trug auf der Heimfahrt schwer an einem Rucksack voller Hafer als Hühnerfutter. Darunter war auch ein großes Stück Speck vergraben. Im Hafen wurde er von britischen Besatzungssoldaten kontrolliert und musste erklären, was er mit sich führte. Später, als er am Zaun dem Bahnhof zustrebte, hörte er, wie ein Mann einem anderen zuflüsterte: *'Speck und Hafer'*. Hafer war eine Sache, die wohl nur gebrauchen konnte, wer auch Hühner hielt. Und wer Hühner hielt, hatte vermutlich auch einen Garten und somit auch Gemüse. *'Beneidenswert!'* Stadtbewohner brauchten Endprodukte und so zogen sie mit entbehrlichem Tafelsilber, Schmuck und Orientteppichen aufs Land, um sie bei den Bauern gegen Lebensmittel einzutauschen.

Die Bauern galten als reich und geizig. Die Hamsterer mussten weit laufen, ehe sie einen Tauschwilligen fanden. Es war wohl nicht nur der Geiz, der die Bauern meistens von Tauschgeschäften abhielt. Auch Überlegungen wie: *'Gibst du einem, kommen alle'* und *'Brauche ich das Angebotene überhaupt?'* spielten wohl eine Rolle. So bekam der Teppichtauscher dann zu hören:

„Den heb ik all in Kohstall liggen."

Da in den Dörfern nun etwa genauso viele Flüchtlinge aus den jetzt besetzten Ostgebieten wie Alteingesessene lebten, kamen auch Ostpreußenwitze auf. Zum Beispiel: Es kommt eine Flüchtlingsfrau auf den Hof:

„Juten Tach, kann ich Tüffkes (Kartoffeln) haben?"

Antwort des Bauern:

„Jau, kumm man näger, Tüschies (Küsse) will ik di wohl geven."

Wenn im Herbst die Kartoffeln geerntet werden sollten, brauchte man auf dem Hof viele helfende Hände. Zu der Zeit fand man sie auch leicht. Arnulf spannte die beiden Pferde vor den Kartoffelroder. Das war ein einfaches metallenes, zweirädriges Gerät, das unter dem Sitz eine mehrflügelige mit Gabeln bespickte Schraube hatte. Die drehte sich, sobald die Pferde anzogen und rissen die angehäufelten Kartoffelreihen auf. Die Helferinnen und Helfer knieten am Feldanfang. Mit ihren Händen konnten sie nun die bloßliegenden Knollen einsammeln. Dazu hatte jeder einen Weidenkorb neben sich. Auf den Knien rutschten sie vor und zogen dabei den Korb nach, bis er voll war. Nun konnten sie sich zur Abwechselung einmal erheben, um den Korb in den Kastenwagen am Rande des Feldes zu entleeren. Obwohl sich alle bemühten, keine Kartoffel zu übersehen, blieb natürlich doch vereinzelt eine liegen. Stadtbewohner übernahmen damals gerne ein Nachlese.

Den Kindern kam noch eine andere Ernteaufgabe zu: Sie sammelten im Vorgarten die Walnüsse auf, befreiten die – wenn nötig – von ihrer grünen Schale und schütteten sie vorerst zum Trocknen auf den Dachboden. Später knackten sie die harte, braune Schale, um die Frucht gleich zu verzehren oder für den Gebrauch in der Küche zu verwahren.

Auch ein Teil der Apfelernte wurde durch Trocknung konserviert. Dazu wurden die Äpfel geschält, in Scheiben geschnitten und in der Küche auf einer Leine vorgetrocknet. Anschließend erhielten sie im Ofen auf dem Backblech eine leichte Bräunung.

Wenn die Kartoffeln geerntet und eingemietet waren, gingen Bauer Arnulf und
Sohn Hartmut zum Torfstechen. Die Kinder
durften mit. Der Anstich reichte tief bis ins
Grundwasser. Deutlich lag die Torfschicht offen – unten tiefbraun, fast schwarz, nach
oben immer heller werdend – von hellbraun
bis fast weiß.

Die Kinder kannten die Soden schon aus
der Torfscheune. Dort waren die Stücke
knochentrocken, hier jedoch – frisch gesto-
chen – pitschnass. Was nach dem Stich zer-
brach oder zerkrümelte, wurde zusammen-
gekehrt und in ein hölzernes Rost gepresst.
War es nach einigen Tagen angetrocknet
und geschrumpft, wurde die Form angehoben. Auf dem Boden lagen nun ziegelstein-
große gepresste Soden.

Die Kinder schichteten diese – zusammen
mit den gestochenen – zu mannshohen
Haufen auf. Sie achteten darauf, dass immer Zwischenräume für die Lufttrocknung
entstanden.

Die verbliebene Torffläche war überschau-
bar. Generationen hatten im Moor Torf geerntet und das entstandene Wasserloch mit
fruchtbarem Schlick aufgefüllt. So schwand
das Moor, und das Ackerland wuchs. Nachdenklich sagte der Onkel:

„Bald muss ich dem Amt melden, dass ich keine Brache mehr habe."

****

Die verlorene Mehlmarke

Das Leben normalisierte sich nach Kriegsende. Alte Hoheitszeichen wurden überstempelt und neue eingeführt; aber Lebensmittelmarken existierten vorerst weiter. Immerhin bestanden noch Engpässe bei der Versorgung. Im Juni gab es aber beim Krämer in der Kreisstadt Heringssalat ohne Marken, und außerdem war dort Jahrmarkt – eine willkommene Abwechselung für Hannes. Seine Mutter gab ihm einen Stoffbeutel, ein leeres Marmeladenglas und folgende Worte mit auf den Weg:

„Hier ist noch ein Zettel, da steht drauf, was du zu tun hast; nämlich 'Heringssalat ohne Marken und ¾ Pfund Mehl' gegen diese Marke holen. Hier ist noch ein 2-Reichsmark-Schein zum Bezahlen. Für den Rest darfst du einmal auf dem Karussell fahren."

Es war noch Mittagspause, als das Kind vor der Tür des Krämers stand. Nun konnte es noch schnell beim Buchhändler gegenüber ins Schaufenster gucken; es drehte sich hastig um, lief geradewegs in einen Radfahrer und fiel auf das Kopfsteinpflaster. Das Glas klirrte, das Knie blutete, der Radfahrer schimpfte. Weinend lief es an die nahegelegene Stör, beruhigte sich langsam, schüttete die Scherben in den Fluss und schlich zunächst auf den Jahrmarkt. Doch mit der Karussellfahrt wurde es nichts.

„Wir nehmen nur Münzen", bekundete man ihm an der Kasse. *Du musst dein Papiergeld wechseln."*

Da bot sich auch gleich ein großer Junge an, das zu tun. Der gab ihm 1,50 RM in Münzen für den Schein.

„Aber ich bekomme noch einen Fünfziger", stammelte Hannes.

„Bekommst du nicht, das ist für das Wechseln", erwiderte der und verschwand.

Hannes schluckte, verzichtete auf die Karussellfahrt und trottete heimwärts. Dunkle Gedanken kamen über ihn. Das Glas war kaputt, der Geldschein war weg, die Mutter hatte doch die Mehlmarke daran geheftet, Mehl bekam er also auch nicht mehr. Alles war missraten. Am Ortsausgang heulte er wie ein Schlosshund.

Gegenüber, auf der Tankstelle strich ein junger Mann den niedrigen Zaun an.

„Kind, komm mal her, was hast du denn?"

Hannes konnte Trost gebrauchen. Er wechselte die Straßenseite und berichtete schluchzend von seinem Unglück.

„Komm mit nach oben. Hier wohnen jetzt englische Soldaten. Bei denen arbeite ich,"

sagte der Mann. Beide hasteten nach oben, links und rechts schliefen zwei Wachleute in ihren olivfarbenen Uniformen. Der junge Mann legte Zeitungspapier auf den Tisch nahm einen großen, blechernen Kanister vom Spind, schüttete einen Haufen Mehl auf das Zeitungspapier, faltete dieses zu einer Tüte und drückte es Hannes an die Brust.

„Ob es drei oder vier Pfund sind, weiß ich nicht, nimm es so mit."

Nach einem kurzen Dialog mit den er- wachende Soldaten und deren Kopfnicken schob er das Kind in Richtung Tür und Treppe.

Hannes schluckte wieder, brachte aber doch ein Dankeschön heraus und überwand erleichtert den Heimweg.

„Mutti, Mutti, ich habe die Mehlmarke ver- loren, aber Mehl habe ich trotzdem" stieß er zu Hause hervor. Instinktiv nahm ihn seine Mutter erst einmal an ihre Brust, ehe sie sich die ganze Geschichte anhörte. Sich und ihm gewährte sie dann noch eine kleine Pause. Bevor sie behutsam fragte:

„Hast du denn den Zettel noch, auf dem steht, was du holen solltest?"

„Ja, den habe ich hier in die Hosentasche gesteckt, bevor ich die Scherben in die Stör geschüttet habe. Hier!"

„*Siehst du, da steckt die Mehlmarke noch dran. Nun haben wir mehr Mehl, als du für die Marke bekommen hättest, und die Marke auch noch. Du bist ein Glückskind*", lachte die Mutter.
An den nächsten drei Sonntagen gab es zur Freude der Familie Kuchen, jedes Mal begleitet von der Geschichte, die ihnen dieses Geschenk beschert hatte.

****

Vor der Währungsreform

Nach Kriegsende waren die deutschen Ostgebiete an Russland und Polen gegangen. Das restliche Deutschland war in vier Besatzungszonen aufgeteilt worden. Die staatliche Verwaltung erfolgte durch die Kommunen und die alliierten Siegermächte. Die Menschen entwickelten eine ausgeprägte Selbstorganisation. Jeder versuchte, seine Wohn- und Lebenssituation zu verbessern. Tauschanzeigen für Wohnraum füllten ganze Seiten der Tageszeitungen. Opa Anton wurde von irgendeiner staatlichen oder berufsständischen Stelle gedrängt, seinen Betrieb entweder in Hamburg oder an seinem Wohnort zu betreiben. Seine Familie wollte ohnehin zurück in die Heimatstadt. Es war ein Glücksfall, dass jemand eine Wohnung in Hamburg zum Tausch ins Umland anbot. Man wurde sich einig. Bald wohnten Oma, Opa und Tante wieder in der Hansestadt, und zwar im Friedrich-Ebert-Hof. Dort passte Anton, der überzeugte Sozialdemokrat, auch gut hin. Für Hannes war die Nordseite von Haus und Garten nun eine Tabuzone, die er auch respektierte. Ihm war das nicht wichtig. Er hatte seine Südseite von Haus und Garten, den Bauernhof seines

Freundes, die Felder, die Weiden, die Heide und das Moor als Spielplatz. Selbst die Dorfstraße gehörte quasi den Kindern. Zwei Autos im Ort, gelegentlich der Bus oder ein Militärfahrzeug, das war keine Auslastung, die das Spielen verhinderte. Ohnehin wies die Teerdecke der Dorfstraße viele Schlaglöcher auf – hohe Geschwindigkeit war unmöglich. Den Kindern boten sie aber eine gute Voraussetzung für ihr 'Kippel-Kappel-Spiel'. Das Spielzeug schnitzten sie sich meistens selbst. Sie suchten sich eine Kopfweide oder einen Haselnussstrauch. Davon schnitten sie eine Rute ab, die einen Schritt lang und etwas dicker als ein Daumen war. Jetzt wurde ein handlanges Stück davon ab getrennt und beide Seiten wurden zugespitzt. Das verbliebene lange Ende diente als Schlagstock, mit dem zunächst eine Rille in die Erde geritzt wurde. Sie legten den angespitzten 'Kippel' über diese Rille, platzierten ein Ende des vorgestreckten Stockes darunter, um den 'Kippel' möglichst körpernah und senkrecht hochzuwerfen. Sobald sich seine Flugbahn wieder neigte, holten sie zum Schlag aus, um ihn möglichst weit oder an einen vorher bestimmten Platz zu schlagen. Sie versuchten auch den 'Kippel' wie einen Ping-Pong-Ball mehrmals mit dem

Stock hochzuschlagen. Gern griffen sie auch zu dickeren Knüppeln und spielten Schlagball. Nur selten brachte ein Junge einen Tennisball mit; meistens mussten sie sich mit einem Knäuel aus Lumpen begnügen. Dann spielten sie 'Abwerfen'. Kam Inge mit ihren Freundinnen dazu, war *Himmel und Hölle, Ringel-Rangel-Rosen* oder *Der Plumpsack geht um* angesagt.

Trude besaß mittlerweile ein Damenfahrrad. Hannes sollte lernen, damit zu fahren. Sein Vater zeigte ihm die verschiedenen Pedalstellungen, wie man Schwung nimmt und wie man steuert. Nach einigen Versuchen klappte es.

****

Ansonsten kümmerte der Vater sich jetzt nicht mehr sehr um seine Kinder. Neben der Arbeit besuchte er in der Kreisstadt die Meisterschule und studierte zu Hause intensiv ein dickes Fachbuch mit dem Titel *'Der Treppentischler'*. Im Frühjahr 1948 bestand er dann die Meisterprüfung. Nachdem der Bescheid vorlag, erwartete er täglich die Schlussabrechnung über die Schul- und Prüfungsgebühr. Doch trotz Nachfrage kam und kam sie nicht. Denn er wollte sie möglichst noch in RM begleichen. Anfang Juli händigte der Briefträger sie dann aus, zwar

1:10 reduziert, aber natürlich auf DM lautend. Von den 40 DM Zuteilung, die jeder Bürger zum Start der neuen Währung erhielt, wollten und konnten sie die Rechnung nicht sofort begleichen. Sie zahlten den Be trag in Raten. Abstottern nannte man das. Wegen der starken Nachfrage nach Wirtschaftsgütern entwickelte sich in den Folgejahren ein florierendes Kreditsystem.

****

Neben der Meisterprüfung stand noch ein anderer Verwaltungsakt an. Die Alliierten hatten Hitler-Deutschland nicht nur besiegt; sie hatten sich zudem ein umfangreiches *'re-education program'* vorgenommen, um das nationalsozialistische Gedankengut in Deutschland einzudämmen. Auch in der britischen Besatzungszone wurden also Fragebögen verschickt. Man musste Fragen zu seiner Vergangenheit beantworten, so auch Thomas. Bei mancher Frage rang er um die richtige Einordnung. Zwar wusste er inzwischen, dass er den letzten Arbeitsplatz, den er bei einer Hamburger Versicherung gehabt hatte, sowieso nicht wiederbekommen würde, aber der Status der Entnazifizierung könnte in Zukunft doch wichtig sein. Nach langem Warten kam der Bescheid. Thomas wurde als Mitläufer eingestuft. Einige Tage später besuchten ihn zwei Mitglieder der sozialdemokratischen Partei und fragten ihn, ob er bei ihnen nicht wieder politisch tätig sein wolle. Er sei doch sozial denkend und politisch interessiert. Doch er lehnte höflich ab. Der jugendliche Elan war wohl raus, und gedanklich kam er mit dieser Vorstellung vermutlich auch nicht klar. Jedenfalls äußerte er sich nicht mehr öffentlich – und in der Familie eher konservativ.

****

Die monatliche Tracht Prügel

Des Öfteren drohte Thomas seinem Sohn Schläge an. Richtig ernst wurde es, wenn der Vater nach dem Abendessen etwas an Hannes zu bemängeln fand und die Rüge mit den Worten abschloss:

„Deine monatliche Tracht Prügel ist wohl wieder fällig?"

Dann kugelte sich Hannes im Bett wie ein Igel zusammen, wandte sein Gesicht zur Wand und versuchte das bedrohende Gebrummel seiner Eltern zu erfassen. Noch heute verkrampft sich Johannes' Bauchdecke, wenn er vor dem Einschlafen unverständliche, anschwellende Dialoge aus dem Fernseher vernimmt, oder wenn die Stille von einem unerwartetem Geräusch durchbrochen wird.

****

Die beiden Geschwister saßen allein am Wohnzimmertisch. Sie bastelten mit Papier und Schere, dummerweise aber über der guten Sonntagstischdecke. Schwupp, die Schere schnitt ein fingernagelgroßes Loch hinein. Hannes erschrak. Erführe das der Vater, gäbe es wieder ein riesiges Donnerwetter oder gar Schläge. Nur gut, dass niemand etwas bemerkte. Behutsam schob er

Buntpapier über den Schnitt. Prompt wurde der Schaden nachmittags entdeckt. Hart stellte der Vater die Frage:

„Wer war das?" Verschämt quetschte Hannes heraus:

„Ich nicht, das war Inge."

Die Blicke der Eltern wanderten von einem Kind zum anderen. Inge schwieg. Wusste sie es nicht, oder schützte sie ihren Bruder.? Schweigen stand im Raum, bevor die Mutter einlenkend erklärte:

„Ach, ich stopfe das Loch kunstvoll; wir haben eine Inflation und zwei Kriege überlebt, da ist das hier nicht der Rede wert."

Nur zögernd murmelte der Vater: *„Na gut."*

Die Geschwister verloren nie ein Wort über diesen Vorfall.

****

Weideschlachtung

Zu Ostern 1948 reiste Hannes wieder zu seiner Großtante auf den Bauernhof. Eines Morgens war die ganze Familie in heller Aufregung. Am Gatter, das vom Hof zur Weide führte, lagen die Reste (Kopf, Fell und unverwertbaren Innereien) der zwei Kälber, die bislang dort grasten. Diebische, nächtliche, unbemerkte Weideschlachtung!

Der Gendarm wurde gerufen, die Kadaver weggeräumt und immer wieder lamentiert:

„Warum hat der Hund nicht angeschlagen, dann hätten wir die Diebe doch verjagen können, wir haben doch eine Schrotflinte und ein Luftgewehr."

Es half alles nichts, man musste sich damit abfinden, dass Not und Kriminalität bis in das abseits gelegen Dorf gekommen waren.

„Ich habe noch ein Jungtier auf der Außenweide vor dem Sommerdeich. Dort wohnt niemand, das Tier ist ja noch mehr in Gefahr. Ich verkaufe es besser, bevor es mir auch noch verlorengeht", sagte der Großonkel.

Er rief also beim Viehaufkäufer an und machte einen Ortstermin für den nächsten Tag zwei Uhr nachmittags aus. Tags darauf ging er mit Hannes auf die Außenweide, zeigte ihm das Tier, nahm es an den Halfter und übergab es an Hannes, während sich der Tierhändler auf seinen Motorrad näherte. An die damaligen Preise erinnert sich Johannes heute nicht mehr – wohl aber an den lebhaften Kuhhandel, der etwa so ablief:

„Moin moin."

„Moin Dach ook."

„Na, is dat nich een fein Diert?"

„Jau, denn laat uns man över snacken."
Sie streckten jeder den rechten Arm vor und klatschen sich gegen die Handflächen. Ein Ritual, das sich im folgenden Dialog ständig wiederholte.

„Wo veel wullt du denn hebben?"

„Tweedusend Reichsmark."

„Büst wohl mall Mann."
Jetzt gab es keinen Handschlag, der Viehhändler wandte sich ab.

„Na, man een beeten sinnig, segg doch tominnerst wat du geven wullt."
Er drehte sich dem Onkel wieder zu:

„Ölbenhunnert."

„Dat is nich dien Ernst, denn laat wi dat wohl beeter."

„Jau, man du kanns jo wat rünner kamen, afmakt?"

Er streckte die Hand vor.

„Afmakt, denn segg ik Negenteinhunnert slog in." - Handsschlag!

„Negenteinhunnert, dat is to veel. Ik segg twelfhunnertfofftig, slog in."
Handschlag!

„Twelfhunnertfofftig? Dat is noch jümmers nix. Kiek di doch dat Diert mol an. Dat is kerngesund. Dat het hier dat best Fudder, achteinhunnert mutt dat tominnerst bringen."
Handschlag!

„To deen Ersten! – Handslag to deen Tweiten!"
Der Viehhändler zog die Hand weg.

„Nee, nee Mann, so löpt dat nich, man wi sünd jümmers good tosaamen kummen, ik gev die veerteinhunnert."
Jetzt schlug er ihm zweimal gegen die flache Hand, ehe die zurückgezogen wurde. Sie guckten sich gegenseitig fest in die Augen – die Hände am Körper nach unten gestreckt. Die Zeit schien stehengeblieben. Dann – langsam näherten sich ihre rechten Hände – und ...
Handschlag!

Nich dien letzt Wort, denn is dat ook nich mien letzt Wort, man söbenteinhunnert schasst du mi wohl geben."

„Nee Buer, man ik pack noch eenhunnert baben op, denn sünd wi bi foffteinhunnert, ein gode Pries."

Handschlag! Handschlag! Dann zog Onkel Arnulf die Hand weg.

„Dat Diert is meist utwussen, dat het een good Wicht. Sössteinhunnert, und wi sünd eens. Er streckte ihm die rechte, flache Hand entgegen.

„Sössteinhunnert! To deen Ersten! Deen Tweiten! Und to deen Drütten!" Drei Handschläge und sie waren sich einig.

„Good, denn bringt de Jung dat Diert nah Wischhoben in dat Dörp, ik heb di jo seggt, wok'een dat kriggt. Dat Geld bring ik di no Hus. Tschüs, makt dat good."

Alle gingen auf das Gatter zu – das Tier dem Herdentrieb folgend auch. Hannes erfuhr noch die Hausnummer und die Angabe *'Das ist ein Backsteinhaus, linker Hand mit großem Anbau und offenem Hofplatz zur Straße hin'.* Der Viehhändler schwang sich auf sein Motorrad und fuhr auf dem Feldweg der Kreisstraße zu. Hannes mit der Kuh am Halfter folgte ihm mit zunehmendem Abstand. Der Onkel ging über die Weide zu seinem Hof. Bald stießen Kind und Kuh auf die Kreisstraße, bogen rechts ab und blieben auf dem Sommerweg.

Am Ortsausgang durfte das Jungtier noch ein wenig grasen. Dann zog Hannes einmal kräftig am Halfter und sprach das Tier an:

„Wir müssen jetzt weiter, du kommst woanders hin, wohin weiß ich nicht, aber ich hab auch mein Zuhause über Nacht ver- lören. Man weiß eben nicht was kommt."

„Man weiß eben nicht was kommt."

Eine Stunde später erreichten sie das Dorf und bald auch das beschriebene Gebäude. Nun erkannte Hannes, dass es die örtliche Schlachterei war. Mist, aber was soll's, auf dem Hof wartete schon eine Frau; also ging er mit dem Tier auf sie zu.

„Na, mien Jung, do büst du all, bliev man noch eben blank mi stohn."

Dann knotete sie eine Leine an den Halfter, legte die sich und dem Knaben über die Schulter und wandte sich der Straße zu. Hannes folgte suchend ihrem Blick und spürte kaum, wie die Leine langsam über seine Schulter glitt, bis sie stramm wurde, und es plötzlich unerwartet einen kurzen Ruck gab.

Unwillkürlich blickte er sich um und sah den hinteren Teil des nun leblosen Tierkörpers um die Hausecke ragen. Der Kopf lag noch über einer flachen Wanne, ein großes Schlachtermesser hatte die Schlagader durchstochen, der Körper blutete aus. Hannes war doch überrascht, wie schnell alles gegangen war, brachte noch ein zerquetschtes 'Tschüs auch' heraus und trottete langsam und nachdenklich zum Gehöft zurück.

Wieder zu Hause

Als Hannes einige Tage später wieder zu Hause war, fand er alles wie gewohnt vor. Eine Veränderung gab es aber doch. Auch die dritte Verwundung, die sein Vater im Krieg erlitten hatte, war so weit verheilt, dass Thomas nun wieder arbeiten konnte. Im Nachbardorf fand er eine reguläre Anstellung, musste dafür allerdings täglich eine lange An- und Heimfahrt mit dem Fahrrad in Kauf nehmen. Die Bezahlung war eher bescheiden, denn damals gab es keinen Flächentarif, sondern Ortsklassen mit unterschiedlicher Entlohnung. Als dann – Wochen später – die Währungsreform kam, stellte Trude energisch fest:

„Thomas, dein Lohn reicht nicht zum Leben und nicht zum Sterben. Du musst eine Lohnerhöhung verlangen oder dir eine Anstellung in Hamburg besorgen, dort verdienst du mehr."

Das war richtig, aber nicht so leicht umzusetzen. Hier auf dem Lande gab es zwar einen Reparaturstau, weil im Krieg ja viele Handwerker an der Front waren, Kriegsschäden aber kaum. Es bestand also sehr wohl eine Nachfrage nach Handwerksleistung; hohe Preise musste aber niemand akzeptieren, da man gegebenenfalls mit der Auftragserteilung warten konnte. Dadurch war der Spielraum für die Entlohnung eingeengt.

In den zerstörten Großstädten sah das anders aus. So waren in Hamburg nur etwa 20 % des Wohnraums unbeschädigt geblieben. Auch hatten viele arbeitsfähige Männer den Krieg nicht überlebt, daher waren Fachkräfte wie Thomas sehr gefragt. Doch die schon erwähnte Zuzugssperre blieb das Problem. Ohne Hamburger Anschrift bekam man keinen Arbeitsvertrag, und ohne Arbeitsvertrag hatte man keine Aussicht auf Wohnraum. Für die Zuteilung von zwangsbewirtschaftetem Wohnraum brauchte man mindestens 81 Punkte. Diese hingen von der Bedürftigkeit ab. Trude definierte das so:

„Um mit 81 Punkten eine Sozialwohnung zu bekommen, musst du Kriegerwitwe mit 5 Kindern sein, die alle Schwindsucht haben."

Tatsächlich hat die Familie nie eine Sozialwohnung erhalten. Hier half nur Eigeninitiative.

****

Zurück nach Hamburg

Anton Kampe beherbergte zunächst seinen Schwiegersohn und verschaffte ihm damit eine Meldeadresse. Nun konnte sich Thomas in Hamburg bewerben und fand ganz in der Nähe – auf dem Gelände einer ehemaligen Glashütte – in einem Tischlerbetrieb eine Anstellung als Werkmeister.

Für seine Familie wollte er ein Holzhaus bauen. Dafür benötigte er einen Bauplatz, doch der musste erst einmal gefunden werden.

Nachkriegsdeutschland befand sich in einem riesigen sozialen und wirtschaftlichen Umbruch. Jeder wollte seine Lebenssituation verbessern. Keiner wartete auf das große Los, man war mit kleinen Schritten zufrieden. Das spiegelte sich – wie erwähnt – in einer Vielzahl von Kleinanzeigen wider. Die Tauschanzeigen für Wohnraum füllten ganze Seiten der Tageszeitungen, die von Trude eifrig studiert wurden.

Überraschenderweise stieß sie eines Tages auf eine Anzeige, die die Parzellierung einer Flur im Stadtteil Hamburg-Lurup ankündigte. Sie erhielten einen Pachtvertrag über 99 Jahre und bemühten sich nun um eine Baugenehmigung. Da kam allerdings das böse Erwachen, denn das Gelände war als Hamburger Grüngürtel ausgewiesen. Eine Sondergenehmigung erhielten sie nicht, vielmehr wurde ihnen deutlich gesagt, dass das Holzhaus mit einem Bagger wegge-schoben würde, käme es zur Aufstellung. Nun war guter Rat teuer.

****

Durch die vielen Zerstörungen, Vertreibun-gen und wirtschaftlichen Verluste entstand jedoch eine große Solidarität und die Bereitschaft zu unkonventionellen Lösun-gen. Der größte Teil des Glashüttengeländes war zerbombt, zum Teil schon wieder ge-nutzt, aber partiell auch noch Trümmerge-lände. Die letzten Schutthalden grenzten an die Reste der stehengebliebenen Arbeiter-wohnungen. So riet der Verwalter, die drei Erbinnen um Erlaubnis zur Aufstellung des Hauses zu bitten. Sie gaben ihre Einwilli-gung unter der Bedingung, die vorhandenen Trümmer wegzuräumen. Die Stadt erteilte eine Baugenehmigung *'bis auf Widerruf'*. Dieses Risiko nahm die Familie in Kauf. Nun konnte es losgehen. Mit Beginn der Som-merferien reiste Trude mit den beiden Kin-dern nach Hamburg.

Zusammen mit Opa Anton, Oma Ella sowie Tante Hella mit Mann und Kind lebten nun weitere vier Familienmitglieder auf 60 qm Wohnfläche. Nach dem Abendessen wurde die Küche deshalb zum Schlafraum umfunktioniert und morgens wieder geräumt. Tagsüber ging Thomas zur Arbeit, während Trude mit den Kindern auf dem künftigen Bauplatz wirkte.

Auf dem Gelände der ehemaligen Glashütte existierten noch einige alte Fabrikgebäude. Eines davon beherbergte die Tischlerei, in der Thomas arbeitete. Eine andere große, zerbombte Fläche war bereits geräumt und mit einer mannshohen Mauer eingefasst worden. Jetzt diente sie als Kohlenlager. Zwischen Kohlenlager und den S-Bahngleisen lagen noch Reste der alten Wohnanlage für die ehemaligen Arbeiter der Glasfabrik. Zur Bahn hin war das ein Komplex von zwei dreigeschossigen Häusern mit Spitzdach. An der Straßenfront stand noch eine Zeile zweigeschossiger Arbeiterwohnungen. Die Zeile dahinter – getrennt durch einen schmalen Lichthof – war zur Hälfte weggebombt. An die Brandmauer dieser zweigeschossigen, spitzgiebeligen Häuser hatte bereits jemand einen Anbau mit Flachdach gesetzt und sein neues Domizil

mit einem Maschendrahtzaun eingefriedet.
„Das ist unser neuer Nachbar." erklärte
Trude ihren Kindern.

Jetzt begannen sie neben dessen Zaun
die erste Fläche vom Schutt freizuräumen.
Dazu sammelten sie heil gebliebene Ziegel
steine und stapelten diese dort auf. Wenn
noch Putz daran haftete, wurde der sorgfältig abgerieben, denn solche 'guten' Ziegel
sollten ja neu vermauert werden. Auch hal-
be Steine wurden für die Wiederverwen-
dung gestapelt. Separat häuften sie die Reste, die abtransportiert werden sollten, an.
Dorthin gelangte alles, was nicht verwend-
bar war: Kleine Ziegelsteinreste, Brocken
die sich nicht auseinanderschlagen ließen,
verkohlte Balken, Bretter, Metallteile und die
Erde, die beim Aushub einer schmalen Teil-
unterkellerung anfiel.

Nach Feierabend löste Thomas seine Frau
ab, weil sie ihrer Mutter bei der Zubereitung
des Abendessens helfen wollte. Für Freitagabend wurde ein Lastwagen zum Abtrans-
port von Schutt bestellt. Unter der Woche
bediente der nämlich Plätze, an denen viele
Hände ihn schnell beladen konnten. Bagger
waren damals knapp. Absetzbare Transport-
behälter und Big Bags gab es noch nicht.

So ging es noch drei Wochen weiter, bis

das Fundament und der Teil des Kellers frei gelegt waren. In der Mitte des ehemaligen Hauses türmte sich allerdings immer noch ein Schuttberg, und das Budget für diesen Bauabschnitt war verbraucht. Sie entschieden sich deshalb, die restlichen Trümmer auf den zweiten Schuttberg zu karren, zumal der ja durch die Entnahme der 'guten Ziegel schon ein wenig geschmolzen war. Die Nachbarn zeigten Verständnis für diese Maßnahme, der Verwalter drückte ein Auge zu und die Erbinnen des Areals kamen sowieso nicht vorbei.

****

Übrigen ist es wichtig, über die Nachbarn ein paar Worte zu sagen, denn sie waren und verstanden sich als eine eigene Gruppe Menschen. Besonders deutlich wurde das im Vergleich zu den Bewohnern im Friedrich-Ebert-Hof, und Hannes hatte den Vorteil, dass er beide Gruppen kennenlernte.

Der Ebert-Hof war in den 1920er Jahren als sozialdemokratisches Vorzeigeprojekt entstanden, in das sich bessergestellte Sozialdemokraten mit einer Einlage 'eingekauft' hatten. Vom Krieg wurden sie weitgehend verschont, denn nur ein Haus wurde beschädigt.

Die Bewohner der 'Glashütte' hingegen waren vom Schicksal benachteiligt. Sie gehörten zu einer traditionellen Arbeiterschaft, die in der Vergangenheit keine Stimme für die oberen Abteilungen im preußischen Dreiklassenwahlrecht hatte. Wirtschaftlich standen sie noch immer in der zweiten Reihe; ihnen hatte nicht einmal die Choleraepidemie den Hamburger Wasserkasten gebracht, und ein größerer Teil ihrer Wohnanlage war zerbombt.

Hatten sie auch keine zentrale Heizung und Warmwasserversorgung – der Stolz war ihnen geblieben. Sie entstammten Vätern, die ein kunstfertiges Handwerk ausgeübt hatten, und immerhin war dies die Geburtsstätte des Hamburger Bürgermeisters.

Solidarisch und hilfsbereit waren sie auch. Als noch die Trümmer beseitigt wurden, kam eine der Nachbarinnen und übergab einen Schlüssel zum gemeinsamen Toilettenhaus und so das Mitbenutzungsrecht an Trude. Ja, ähnlich wie bei der Dorfschule war auch hier eine Senkgrube mit einem Holzverschlag überbaut und vorder- wie rückseitig in eine Anzahl Kabinen unterteilt worden. Auch hier kennzeichnete ein Herz in der Tür den Verwendungszweck.

Doch nun kommen wir zurück zu den nächsten Arbeitsschritten. Ein Maurer besserte das beschädigte Fundament aus, ergänzte es nach den Maßen des geplanten Hauses und mit einer Stützmauer für den schmalen Keller. Er mauerte den Schornstein – gestützt von zwei halbsteinschen Mauerstümpfen – im Bereich des Ofens. Der Klempner legte eine Frischwasserleitung mit Absperrventil im Keller und mit einem Zapfhahn nach oben in die noch zu erstellende Küche. Der Elektriker installierte einen Sicherungskasten und führte eine Leitung heran. Mehr war vorerst nicht nötig, denn auch in ihrem künftigen Holzhaus würde es keine eigene Toilette geben.-

Als die Handwerker fertig waren, begann der eigentliche Hausbau. Das Fundament erhielt eine Abdeckung aus Dachpappe, damit die Balkenlage vor aufsteigender Feuchtigkeit geschützt werde. Ringbalken und Balken für den Fußboden wurden verlegt und darauf die Fußbodenbretter genagelt. Dann stand die Bodenplatte, 6 x 6 m groß.

Die vier Außenwände wurden aus jeweils drei Elementen errichtet. Für die Fenster und die Eingangstür hatten diese schon Rahmen. Thomas und die Gesellen (als freiwillige Helfer) fertigten die Elemente in der

Werkstatt vor. Nun wurden zunächst zwei dieser Teile 'über Eck' aufgestellt und verschraubt, dann folgte das Mittelteil. Als vier Wände fertig waren, wurden sie an den Ecken zunächst provisorisch verstrebt und die Rahmen für die Innenwände gesetzt. Das Ganze wirkte ein wenig wie ein Spielkartenhaus, denn die Wände bestanden bislang nur aus Dachlatten mit darauf genagelten Profilbrettern, und es fehlte noch das Dach. Dafür wurden nun vor Ort Brettbinder zusammengenagelt.

Thomas erhielt wieder Unterstützung von seinen Arbeitskollegen, und auch Hannes durfte mithelfen. Er sägte die überstehenden Ecken ab. Als alle Brettbinder über den Wänden platziert, ausgerichtet und mit Dachlatten versteift waren, gab es ein kleines Richtfest.

An den folgenden Abenden und Wochenenden wurden die Brettbinder mit Schalbrettern versehen, die zuvor gegen Fäulnis und Holzwurmbefall behandelt wurden. Sie bildeten die Unterlage für die erste Lage Dachpappe, die Anton mit Bitumen verklebte. Hier tat die Lötlampe, die Hannes schon bei der Fensterrenovierung in der Räucherkate bestaunt hatte, wieder ihren Dienst. Opa Anton verlegte auch die zweite Lage

Dachpappe, versiegelte die Schornstein-
einfassung und behandelte dann noch die
Wände mit dem ersten Schutzanstrich.

Zuvor nahm er Hannes aber mit zur Malereinkaufsgenossenschaft, und stellte ihn dort
als seinen Enkel vor, der künftig häufiger
Material holen werde.

Die Sommerferien waren jetzt zu Ende.
Tagsüber ruhte die Baustelle, denn Opa Anton war auf Kundschaft, Thomas arbeitete
als Werkmeister, und Trude mittlerweile als
kaufmännische Angestellte in einem Einzel-
handelsbetrieb für Öfen und Herde. Das Ge-
schäft florierte dank vieler Teilzahlungsver-
träge. Die mussten alle verbucht und über-
wacht werden. Das sicherte wiederum ihren
Arbeitsplatz. Ihr Verdienst von 5,00 DM pro
Tag reichte gerade so für den Lebensunterhalt der vierköpfigen Familie, denn der Verdienst von Thomas ging regelmäßig für
Material und Handwerkerleistungen drauf.

****

Ein unangenehmes Ereignis

Mittlerweile besuchten Inge und Hannes hier in Hamburg auch die Schule – damals selbstverständlich noch getrennt nach Jungen und Mädchen. Koedukation wurde zu der Zeit zwar diskutiert, aber längst noch nicht praktiziert. Die Umstellung vom Dorf in die Stadt verkrafteten beide Kinder gut. Oma Ella versorgte sie nach der Schule. Wenn sie anschließend nicht draußen spielten, beschäftigten sie sich gern mit Hellas einjährigem Sohn. Doch eines Tages hatte Hannes dazu keine Lust. Er klagte über Halsschmerzen, konnte nicht richtig schlukken, hatte Fieber, eine Erdbeerzunge und Hautirritationen am Körper. Der Arzt diagnostizierte *'Scharlach'* und wies Hannes in das Kinderkrankenhaus ein. Um die anderen und insbesondere das Kleinkind zu schützen, kam ein Desinfektionstrupp und *'räucherte die Wohnung aus'*; so hieß es in der Familie. Tatsächlich bekam niemand weiteres die Krankheit, aber das Ereignis machte deutlich, wie dringend das Holzhaus fertig werden musste.

✳✳✳✳

Hannes lag nun also im Altonaer Kinderkrankenhaus. Nach ein paar Tagen fühlte er sich besser und fragte bei der Visite, ob er nicht wieder nach Hause könne. Die Antwort schockierte ihn:

„Nein, du musst sechs Wochen hier bleiben. Du bist doch erst ein paar Tage hier, und wenn am Sonntag Besuch kommt, dann muss der auf dem Flur bleiben, um eine Ansteckung zu vermeiden."

Das war es also, abgeschnitten von der Außenwelt, wo es doch noch so viel zu tun gab. Nur vom Toilettenfenster aus konnte er einen wehmütigen Blick in Richtung seines Zuhauses werfen. Durch die geregelten Zeiten für Visite, Essen, Abräumen, Waschen, Zähneputzen und Ruhen war das Leben für die acht Kinder in diesem Zimmer aber erträglich. Bald hatten sie auch Papier und Buntstifte und ein paar Spielsachen, um sich zu beschäftigen. Nach und nach wurden alle lebhafter und spielten schon einmal 'Kriegen' um den Mitteltisch herum. Zu Beginn der fünften Woche waren dann die meisten Gitter an den Betten heruntergeklappt, und wie aus dem Nichts heraus begannen sie ein wildes Fangen. Sie sprangen über die Betten, sie rutschten unter durch, sie schmissen sich auf- und übereinander bis eines der Kinder schrie:

„Achtung! Die Schwester kommt."

Alle stoben auseinander, warfen sich in ihr Bett und zogen sich die Zudecke bis unter das Kinn; so auch Hannes. Nur musste der auch noch gegen einen heftigen Schmerz ankämpfen, denn er war mit dem linken, kleinen Zeh mächtig gegen die eiserne Bettkante geschlagen. Die Kinder wurden ermahnt, und die Krankenschwester ging wieder. Verstohlen blickte Hannes auf seinen Zeh. Der hatte nur eine minimale Abschürfung, tat aber aasig weh und lief rot an. Hannes verordnete sich und seinem Bein zunächst einmal Ruhe. Am Nachmittag sah er wieder genau hin und erkannte einen leichten roten Strich auf dem Spann. Im Biologieunterricht hatte er von den Heilkünsten seines Onkels Arnulf geschwärmt und die Geschichte mit dem rostigen Nagel erzählt. Das nahm der Biologielehrer zum Anlass über das Thema 'Blutvergiftung' zu reden. Dabei hatte er auch erwähnt, dass es tödlich endet, wenn die Entzündung das Herz erreicht. Nun, soweit war es noch nicht. Dennoch entschloss sich Hannes die Schwester anzusprechen:

„Schwester, ich habe mich gestoßen. Der Zeh tut so weh."

„Ach, das geht bald wieder weg", bekam

er zur Antwort, und er ließ es zunächst dabei bewenden. Vor dem Abendessen vergewisserte er sich, dass die Rötung fortgeschritten war. Die erreichte jetzt fast den Knöchel. Beim Abendessen unternahm Hannes einen zweiten Versuch:

„Schwester, ich glaube ich habe eine Blutvergiftung."

„Zeig mal her ... Ich glaube, ihr wollt mich hereinlegen", war diesmal ihre Antwort. Sie ging und ließ Hannes ratlos. Er wusste nicht, was er tun sollte. Es war Sonntag und Abend. Die nächste Visite würde erst am Morgen sein. Eine verdammt lange Zeit. Doch er wurde schnell aus seinen Gedanken gerissen. Die Schwester kam zurück, mit einer Schale, Watte, Alkohol und den Worten:

„So, nun werde ich mal die Buntstiftmarkierung abwischen."

Ihr breites Lächeln gerann in ihrem Gesicht als das nicht ging. So schnell wie sie gekommen war, verschwand sie und kam nach kurzer Zeit mit einem Arzt wieder zu Hannes. Der Arzt öffnete die Entzündung mit einem kleinen Schnitt, desinfizierte und verband die Wunde. Die Entzündung klang ab, die Stelle heilte. Nur der kleine Zeh versteifte sich etwas. Das ist das Einzige, was

Johannes heute noch gelegentlich daran denken lässt.

****

Hamburger Umgebung

An dem Tag, an dem Hannes aus dem Krankenhaus entlassen wurde, stand auch der Einzug ins Holzhaus an. Auf die einschaligen Außenelemente hatte sein Vater inzwischen von innen Weichfaserplatten genagelt. Den Zwischenraum füllte Mineralwolle. Das musste als Wärmedämmung reichen. Zur Verschönerung hatte Anton die Weichfaserplatten der Wände mit Leimfarbe weiß gestrichen und im Schlafzimmer mit einer Gummirolle ein Muster aufgetragen. Das wirkte wie Tapete. Der Küche hatte er einen Sockel aus Ölfarbe gegeben. Die Möbel waren inzwischen aus dem Behelfsheim in Schleswig-Holstein abtransportiert und hier angeliefert worden. Es mussten nur noch die Matratzen und die Kleidung aus dem Ebert-Hof hierhergeschafft werden. Bei Kerzenschein feierten sie glücklich den Einzug in ihr neues Heim. Nun konnten sie sich auch formell wieder Hamburger nennen. Der Status als 'Butenhamburger' lag hinter ihnen.

****

Die Zuwegung zu den übrigen Wohnungen der Glashütte führte von einer Treppe bei der benachbarten Kohlenhandlung direkt am Holzhaus vorbei. Die Fenster befanden sich etwa in Kopfhöhe. Deshalb drängte Trude darauf, dass – wie beim Nachbarn – ein Maschendrahtzaun um das neue Anwesen kam. Sie erhielt ihn auch, ein stolzes Gefühl von Eigentum entstand, wenngleich sie natürlich Pacht zahlen mussten. Das trübte ihr wohliges Gefühl indessen nicht, zumal der Betrag mit 15 DM pro Monat moderat war. Zum Nachweis der Zahlung gab es ein Oktavheft. Häufig ging Hannes am Monatsanfang damit zum Verwalter. Der quittierte mit Stempel und Unterschrift, vermerkte die Zahlung aber auch in seinem dicken Journal.

Nach Schulschluss spielte Inge gern mit anderen Mädchen, während Hannes in seinem neuen Zuhause oft den Schulfunk hörte. Waren viele Kinder draußen, zog es auch ihn dorthin. Es lag ihm aber nicht, bei Nachbarjungen zu klingeln. Irgendwie gab es eine unsichtbare Distanz zwischen den Altansässigen und ihm, dem Ankömmling. Unbeschäftigt war er jedoch nicht. Alle paar Tage brauchte sein Opa Farbe, oder Tapetenbücher mussten zu Kunden zur Auswahl gebracht werden. Der Hinweg nach Altona in die Schillerstraße war leicht zu bewältigen. Zurück mit den schweren Farbdosen war das anders; die dünnen Metallgriffe drückten sich tief in die Handflächen. Eine Henkeldose rechts und eine links, da konnte man nicht wechseln und meist hatte er nur ein Taschentuch, mit dem er den Druck auf eine Handfläche lindern konnte. Lieber ging er zur Lackfabrik in der Holstentwiete, dahin war es nicht so weit und die hatten auf dem Tresen eine elektrische Rührmaschine. Hannes staunte jedes Mal wie lange die lief, ehe man ihm die fertige Farbe übergab. Das war bestimmt ein besonderer Service für den alten treuen Kunden und Malermeister Anton Kampe.

Einmal musste Hannes sehr viel Material von der Malereinkaufsgenossenschaft holen und zog deshalb den voll bepackten Bollerwagen hinter sich her. Dabei begegneten ihm zwei Klassenkameraden, die eigentlich seine Freunde waren. Heute höhnten sie aber hinter ihm her und äfften herum:

„Hannes ist ein Esel! Hannes ist ein Esel! Hannes, der frisst Heu! Das ist neu!"

Dann folgte eine Anzahl von Schimpfwörtern, bevor sie sich zurückzogen. Hannes reagiert nicht. Abends erzählte er es aber seiner Mutter, die sich bei den Eltern beschwerte. Damit war der Vorfall erledigt.

Hannes wurde nie wieder deswegen behelligt.

Der Kirchenbezirk hatte einen neuen Pastor, der sich sehr für seine neue Gemeinde interessierte. Fast täglich ging er, ein Bein nachziehend, offenen Auges freundlich und interessiert herum. Die meisten Menschen nahmen sein Interesse offen und dankbar an. Einige hatten damit wohl doch ein Problem – vielleicht weil die Zeit der Gestapo noch nicht so lange her war. Sie gaben das nicht als Grund an, aber sie tuschelten:

„Der neue Pastor ist so neugierig. Der will so viel von uns wissen. Der hat bestimmt eine Karteikarte von uns."

Eine Karteikarte brauchte er bestimmt nicht, aber er wusste schon, wer wer war. So erwähnte er bei einem Besuch.

„Ja, den Ebert-Hof, in dem Ihre Eltern wohnen, kenne ich. Das sind interessante Häuser, mit interessanten Nachbarn, da wohnen Katholiken, Evangelische, Sozialdemokraten, Konservative, Freidenker, Anthroposophen und Atheisten friedlich unter einem Dach."

Und ein anderes Mal sagte er:

„Hierher, auf die Glashütte komme ich gern. Hier sind die Menschen einfach und geradeheraus. Hier brauchen die Menschen

kein Schonerdeckchen über einem Schoner-
deckchen."

Später ging Hannes auch bei ihm in den Konfirmandenunterricht. Hannes strebte zu der Zeit weg von kindlichen Vorstellungen und diskutierte gern mit ihm. So fragte er eines Tages:

„Herr Pastor, wie ist das eigentlich im Himmel, wenn ein Witwer noch einmal heiratet. Hat er dann im Himmel zwei Frauen?"

Hannes neigte eher zu realer Gottesvorstellung oder zu jener des Alten Testaments und wollte wissen, wie das mit der Allwissenheit und Allmächtigkeit so sei. Bei Liebe und Vergebung hegte er eher Zweifel. So merkte der Pastor eines Tages an:

„Na, Hannes, wir können uns Gott auch mystisch nähern."

Über sich sprach der Pastor nicht. Doch einmal ahnte Hannes, er könne sich selbst meinen, als er von *'einem Jungen'* sprach. Hannes erzählte von einem Vorfall, den Johannes heute noch im Kopf hat.

„Herr Pastor, ich habe gestern wieder Farbe geholt. Da lief eine Katze über die Straße, und wurde von einem Auto über-fahren. Viele Male schnellte der Körper in die Luft. Katzen haben eben sieben Leben."

Der Pastor antwortete nur kurz und nachdenklich:

„Ja, ich verstehe das, ich kenne einen Jungen, dem ist ähnliches passiert. Aber Gott war ihm gnädig. Der Junge hat nur ein Bein verloren."

****

In Hamburg zur Schule

In der Schule und auf dem Weg dorthin gab es andere Ereignisse. Manche behielt Hannes für sich, über andere sprach er mit seinem Vater. Normalerweise ging er mit seinem Freund Helmut. Doch jetzt kam gelegentlich Justus dazu. Der war älter und größer, doch von Kinderlähmung und Asthma geschwächt. Weil für ihn durch die Krankheit viel Unterricht ausgefallen war, besuchte er jetzt ihre Klasse. Er war ein guter Kumpel und überdies der große Bruder von Inges Schulfreundin. Mit seinen starken Sprüchen und intimen Fragen tat sich Hannes aber schwer. So wie heute z. B. als er im Näherkommen fragte:

„Hallo Rotfuchs, sag mal, sind deine Haare unten herum auch rot?"

Hannes konterte:

„Meine Haare sind nicht rot, sondern golden."

Damit war das Thema für heute erledigt. Es folgten in den nächsten Tagen aber noch intimere Fragen, und manchmal musste Hannes einfach nur schweigen. Doch sonst kamen sie gut zurecht. Justus nahm Hannes gelegentlich mit zum Segeln auf die Elbe. Beim Bootsverleih in Neumühlen lag sein

Boot an einer Boje auf der Reede. Mit einem Beiboot ruderte Justus dorthin. Mit den restlichen Ebbstrom segelten sie stromab und mit der einsetzenden Flut wieder zurück. Besonders beeindruckte Hannes, dass Justus ihn mit durch den Garten seiner Großeltern und von dort über Schleichwege in privaten Nachbargärten wieder nach oben auf die Elbchaussee nahm.

****

Über Sexualität wussten die Kinder nur wenig; umso größer war ihre Wissbegierde. Bei den Erwachsenen wurde zudem diskutiert, ob Sexualaufklärung in der Schule unterrichtet werden sollte. In diesem Klima passierte Hannes ein Missgeschick. Er saß am Wohnzimmertisch vor seiner Hausarbeit in Biologie, während seine Mutter in der Küche bügelte. Im Holzhaus trennten nur Vorhänge die Räume, für Türen war kein Platz auf weniger als 36 qm.

Es war mucksmäuschen still, das aktuelle Thema drängte sich immer wieder in seinen Kopf und ungewollt rutschte eine Frage halblaut über seine Lippen:

„Wann bekommen wir endlich 'Grabbellogie'?"

„Was hast du gesagt?" kam prompt die

Gegenfrage seiner Mutter.

„Ach, nichts, ich habe nur gebrummelt", wand er sich heraus. Seine Mutter ließ es dabei bewenden. Hier war das Thema durch.

Kurze Zeit später kündigte es sich allerdings in der Schule an. Der Biologielehrer sprach von Bestäubung und Befruchtung durch Insekten und von Windblütlern. Er erinnerte die Jungs daran, wie viele Blüten im Frühjahr die Bäume und die Erde schmücken und wie selten doch ein neuer Baum wächst.

„Eine Fülle von Samen und nur selten Nachwuchs, so ist es auch bei den Menschen", schloss er. Die Schulklingel schrillte, die Stunde und das Thema war beendet.

****

Nicht abgeschlossen war etwas anderes, das Hannes seit einiger Zeit beobachtete. In seiner Schulklasse gab es zwei Jungen, die ständig Gewalt gegen Klassenkameraden ausübten. Jürgen, der Größte und Stärkste in der Klasse, drehte den anderen in der Pause immer die Arme auf den Rücken, oder er packte ein Kind mit beiden Händen am Unterarm und drehte dann eine seiner Hände vor und die andere zurück. Das war schmerzhaft für die Betroffenen. Heiner, der Sohn eines Polizisten suchte sich ständig jemanden, den er zu Boden ringen und traktieren konnte. Hannes sprach darüber mit seinen Vater. Der zeigte ihm, wie man eventuell einen Kinnschieber ansetzen könnte, wie man aus einer Umklammerung kommt, und wie man möglicherweise jemanden rücklings über das Knie zu Fall bringt. Das übten sie auch. Tage später war dann tatsächlich auch Hannes – der Kleinste der Jungen – dran. Jürgen ergriff dessen rechten Unterarm, zog Hannes demonstrativ vor seine Brust – seht her, ich habe ihn – signalisierte das. Dieses leichte Verzögern vor dem eigentlichen Gewaltakt war sein Fehler. Hannes registrierte blitzschnell, wie kläglich ein Kinnschieber mit der Hand ausgehen würde. Noch beim Heranziehen krümmte er sich und senkte seinen Kopf. Scheinbar eine typische Haltung der Ergebenheit. Doch jetzt schoss er, den ganzen Körper streckend, nach oben. Hart knallte sein Kopf unter das Kinn des Gegners. Hannes wunderte sich darüber, dass es gar nicht so schmerzte, wie erwartet. Sein Blick galt dem Peiniger. Der hatte ihn unvermittelt losgelassen, war aschfahl im Gesicht und taumelte. Hannes wusste:

„Der kämpft gegen das Umfallen." Das kannte Hannes aus eigener Erfahrung von einem Stockschlag, den er gegen seine Schläfe bekommen hatte. Jetzt trat er nur einen kleinen Schritt zurück. Getrost konnte er in Reichweite des Stärkeren bleiben, der war kampfunfähig. Leiser Beifall und die Pausenglocke beendeten die Szene.

Wiederum ein paar Tage später warteten zwei Klassen in der Aula auf den Zeichenlehrer. Wegen des damaligen Lehrermangels unterrichtete der zwei Klassen gemeinsam. Hannes ging aufs Podium und wischte die Tafel sauber. Heiner folgte ihm und begann einen Streit. Alle guckten gespannt, bald würde der schwache Hannes besiegt am Boden liegen. Einige Schüler umringten die Streithähne. Diese wechselten die ersten Faustschläge. Doch blitzschnell ging Hannes auf den Gegner zu, stellte sein Knie in dessen Kniekehle, riss ihn darüber zu Boden, sprang auf ihn, drückte beide Knie auf seine Oberarme und mit beiden Händen dessen Gesicht auf den Podest. Das Publikum johlte. Hannes verharrte und wartete auf die Gegenwehr, die er möglicherweise nicht erfolgreich abwehren könnte. Doch in diesem Augenblick schrie der Späher an der Tür zum Treppenhaus:

„Achtung! 'Pinsel' kommt!" Alle stoben auseinander und saßen rechtzeitig artig auf ihren Plätzen. Hannes wurde nie wieder behelligt. Das war sicherlich nicht seiner Stärke geschuldet. Vermutlich wollte keiner der beiden Kraftprotze eine zweite Überraschungsniederlage riskieren. Zum Schwimmen gingen sie in Zweierformation ins Bismarck-Bad. Hannes machte schon bald

sein Freischwimmerzeugnis. Doch insgesamt war sein Leistungsstand im Sport nur ausreichend. Nach dem Schwimmunterricht stand 'Mathe' im Lehrplan. Aus irgendwelchen Gründen brachte ihm diese Kombination regelmäßig Kopfschmerzen ein. Das änderte ich erst im darauffolgendem Jahr, als mit dem neuen Lehrplan diese Kombination wegfiel.

Sein Freund Helmut motivierte ihn, auch nach der Schule privat ins Schwimmbad zu gehen. Eines Tages krümmte sich Hannes auf dem Heimweg jedoch vor Schmerzen. Mehrfach musste er pausieren, und sein Freund machte sich große Sorgen. Da er zu Hause angekommen immer noch von Schmerzen geplagt wurde, rief Trude den Hausarzt. Der tastete den Bauch sorgfältig ab, diagnostizierte '*eine akute Blindarmreizung*' und wies den Jungen ins Kinderkrankenhaus ein. Diesmal wurde Hannes im Haupthaus einquartiert. weil es Freitagabend war, legte man ihm einen Eisbeutel auf die schmerzende Stelle und sagte ihm:

„Das ist wohl nicht so schlimm, wir beobachten es vorerst. Montag prüfen wir, was zu tun ist. Bleib man ruhig und unbesorgt."

Im Zimmer lag noch ein größerer Junge, der prahlte:

„ Montag werde ich operiert, dann schneiden sie mir den Bauch auf und schnippeln den Blinddarm heraus."

Hannes hoffte, dass das bei ihm nicht nötig werde, weil ihm das doch niemand so direkt gesagt hatte. Dass er nichts mehr zu essen erhielt, machte ihn nicht stutzig. Er hatte sowieso keinen Appetit. Am Montagmorgen noch vor der Frühstückszeit schoben zwei Krankenpfleger ein Bett mit Rädern herein und sagten:

„So Hannes, nun heben wir dich auf dieses Bett, du wirst gleich als erster operiert."

Das Kind war so überrascht, dass es nichts sagen konnte. Minuten später wurde sein Bauch desinfizierte und eine Ärztin stülpte ihm eine Chloroform-Maske über die Nase, begleitet von den Worten:

„So Junge, tief einatmen und zählen.Tiefer atmen, weiter zählen."

Hannes zählte 1, 2, 3, ... 23, drei...und...zwanzig. Plötzlich befand er sich auf einer grünen, sonnigen Wiese mit einer Wäscheleine. Bäuchlings hängte er sich darüber, 'plumps' riss die Leine, und er lag im Gras.

„Ist ja so, wie Opa Anton es immer vom 'Pik Ass' erzählt. Da hängen die Obdachlosen doch auch zum Schlafen über einer Leine, und wenn sie morgens nicht rechtzeitig aufwachen, werden sie einfach abgehängt. Es ist wohl so und nicht nur eine Ermahnung zum Aufstehen", dachte der

noch narkotisierte Hannes. Dann hämmerte wieder jemand auf seine Brust. Und er hörte:

„Junge, tief einatmen und aufwachen."

Er zwang sich, die Augen zu öffnen, erhaschte noch gerade einen Blick auf die große, helle, verchromte Lampe über seinem Bett, mit dem man ihn nun in sein Krankenzimmer schob. Nach drei Tagen entfernte man ihm die Klammern, später wurden die Fäden aus der Naht gezogen und er konnte wieder nach Hause. Die Wunde zwickte noch des Öfteren, er argwöhnte auch, dass sie vielleicht noch nicht richtig verheilt sei. Also nahm er beim Gehen eine vorgebeugte Schonhaltung ein. Nach Wochen bemerkte er, dass er ganz krumm ging. Da drängten sich die Worte von Onkel Arnulf wieder in seinen Kopf:

„Nu pedd man wedder düchtig op, ans warst du noch een Kröpel", und er übersetze für sich:

„Nun geh man wieder gerade, sonst bleibst du so krumm.

Es dauerte lange, bis er wieder eine Normalhaltung erreicht hatte.

✳✳✳✳

Hannes übernimmt Pflichten

Das kleine, knapp eingezäunte Holzhaus war für Hannes wie ein Gehege. Hier fühlte er sich richtig wohl. Dadurch, dass das Fundament eine gute Höhe hatte, konnte er gewissermaßen von oben auf das Geschehen im Hof hinunterblicken und war doch nahe dran. Zudem gehörte ihm ein eigenes 'Zimmer'. Na, ja es war eben auch nicht größer als der Alkoven in der Räucherkate. Mit Innenmaßen von 1,90 m x 1,50 m bot es gerade einmal Platz für ein Bett, einen kleinen Beistellschrank, einen Stuhl und ein Garderobenbrett mit drei Kleiderhaken. Aber es hatte ein Fenster von etwa 1 qm und zum Flur hin einen Vorhang; damit konnte er von Zeit zu Zeit signalisieren, dass er allein sein wollte.

Richtigen Schutz bot dieser Vorhang allerdings nicht. Zwar bekam er nur selten die angekündigten Schläge; aber die Bedrohung durch den Satz *'deine monatliche Tracht Prügel ist wohl fällig!'* stand auch hier im Raum.

Häufig spitzte er die Ohren, um den abendlichen Dialog seiner Eltern zu ergründen. Hörte er seine Mutter sagen:

„Du stieselst schon wieder."

„Du triezt mich."

„Du bist hinter mir her wie der Teufel hinter einer armen Seele", oder ging es dann etwas heftiger zu, was er nur am Tonfall erkannte, drehte er sich wieder mit dem Gesicht zur Wand, zog die Knie in Richtung Bauch, das Kinn gegen die Brust und verschränkte die Hände über dem Kopf. So schlief er ein. Die nächsten Tage verliefen meist normal. Heute fragt sich Johannes, ob er nicht vielleicht unnötig verängstigt war. Damals herrschten halt andere Regeln, so war der Rohrstock damals noch längst nicht aus allen Schulen verbannt, während die heutige Parole lautet:

'Mein Kind ist unschlagbar.'

****

Bald lernte Hannes seinen Vater völlig anders kennen. Er, der sonst immer darauf bedacht war, keine Blöße zu zeigen, näherte sich von zwei Arbeitskollegen gestützt, schwankend und lallend dem Holzhaus. Die Mutter riss die Haustür auf, die Männer bugsierten ihn durch die Enge der Behausung auf die Couch im Wohnzimmer, wo er der Länge nach liegen blieb. Trude schob schnell den Wohnzimmertisch gegen die

Couch, damit der Hilflose nicht herunterfallen konnte. Hannes zog ihm die Stiefel und Strümpfe aus. Den Tipp hatte er von Hartmut auf dem Bauernhof gehört. Der hatte ihn nämlich vorsorglich instruiert:

„Wenn ik vun Obend, besopen vun dat Schützenfest kaam, denn tregg mi man gau Schoh und Strümp ut. Denn slaap ik beter und dat verjogt deen Kater."

Nun lag hier also Thomas volltrunken auf der Couch. Die Mutter wischte das erste Erbrochene vom Fußboden, stellte einen Eimer mit etwas Wasser dort hin, wies Hannes an, auf den röchelnden und stöhnenden Vater zu achten und lief zum Hausarzt 'Dr. Brammer'. Nach wenigen Minuten standen beide im Raum. Der Arzt diagnostizierte erwartungsgemäß eine Alkoholvergiftung, merkte aber beruhigend an:

„Das geht wohl noch die ganze Nacht so, aber er wird es überleben."

Das Stöhnen, Jammern und Kotzen hielt denn auch den ganzen Abend über an, und der Eimer musste von Zeit zu Zeit gegen eine Schüssel mit Wasser gewechselt werden, um ihn zu entleeren und zu säubern. Kurz nach Mitternacht verabschiedete sich die Mutter mit den Worten:

„Ich muss jetzt zu Bett gehen; ich muss

morgen wieder früh zur Arbeit."

Hannes hielt weiterhin Wache. Stöhnen, Jammern, Röcheln und Spucken wurden nach und nach schwächer. Die Ruhephasen länger. Von Zeit zu Zeit strich der Junge seinem Vater über Kopf und Schulter. Gegen vier Uhr nachts wusch er sich, putze seine Zähne und ging zu Bett. Heute schlief er unverkrampft, ja erleichtert ein.

Alles in allem fühlte sich Hannes im Holzhaus sehr wohl und geborgen. Als Gegenleistung, wie auch aus eigenem Antrieb, machte er werktags, wenn die Eltern zur Arbeit waren, den Abwasch. Er entsorgte auch das Brauchwasser aus dem Zinkeimer, der unter dem einzigen Zapfhahn die Funktion eines Abflussbeckens innehatte. Die Tomatenpflanzen an der Traufwand des Hauses und die 'Trümmerblumen', die er dahin umgepflanzt hatte, begoss er bei Trockenheit. Gelegentlich kamen Sonderaufgaben hinzu. So fand er eines Tages auf dem Industriegelände an einer Mauer eine Gruppe von drei jungen Birken. Die mittlere davon war daumendick und hatte etwa seine Größe. Die verpflanzte er in die Ecke zum Nachbarn – neben die Pforte und hegte sie.

Für die Aufzucht und den freien Platz bedankte sie sich offenbar, denn als Johannes sie etwa 30 Jahre später noch einmal in Augenschein nahm, sah er sie als dickstämmigen Baum zu voller Pracht entfaltet.

Diese kleinen gärtnerischen Ambitionen waren natürlich nur eine Nebenbeschäftigung. Die Hauptsache blieb die Schule, die Hilfe bei seinem Opa, und häusliche Aufgaben, die mit dem nahenden Winter jetzt eine Erweiterung erfuhren.-

Eines Tages klopfte der Schornsteinfeger an die Tür:

„Ich soll Ihre Brennstelle begutachten und künftig Ihren Schornstein reinigen", erklärte er sein Erscheinen, und Trude bat ihn herein. Der moderne Kachelofen entstammte ja dem Einzelhandelsfachgeschäft, in dem sie arbeitete; daran konnte er nicht herum mäkeln, aber hoffentlich hatte er sonst nichts zu beanstanden dachte sie.

„Ah, da liegt ja ein Blech unter dem Ofen, und das ist auch groß genug, um Glut aufzunehmen, die eventuell aus dem Ofen springt. Wer kümmert sich denn bei euch um das Feuer?"

„Wenn ich arbeite, macht das Hannes", antwortete Trude.

„Ja, ich nehme Papier, Pappe, dünnes und dickes Holz und ein Brikett zum Anmachen, später lege ich Eierbrikett nach," ergänzte

Hannes.

„Das ist richtig, das Feuer braucht aber auch immer ausreichend Luftzufuhr. Beim Anfeuern muss also die Lüftungsklappe ganz auf sein. Wenn das Feuer dann zu stark knistert, darfst du sie etwas zudrehen. Guck dir aber immer das Feuer an, es muss stets eine helle Flamme haben oder rot glühen. Wenn es kokelt, besteht die Gefahr, dass giftige, tödliche Gase austreten, die man nicht sieht. Kohlendioxid oder Monoxid ist das. Falls du bei den Hausaufgaben müde wirst, darfst du auf keinen Fall den Kopf auf die Arme legen und einschlafen, dann ist es besonders wichtig, dass du das Feuer kontrollierst. Du musst dann auch durchlüften."

„Ja, der Junge weiß das", erwiderte Trude und Hannes nickte bestätigend. Der Fachmann verabschiedete sich mit dem Worten:

„Gut, die Reinigungsklappe ist ja auf dem Flur und eine Leiter liegt unter dem Podest vor der Tür, ich inspiziere noch den Schornstein, dann haben Sie meine Abnahme für Ihre Feuerstätte. Auf Wiedersehen."

Das mit den giftigen, ja den Tod bringenden Gasen hatte Hannes heute dazugelernt, und er beherzigte es künftig. Vorerst sah er aber die Feuerbilder der Vergangenheit vor seinem geistigen Auge – den Küchenherd der Zimmerwirtin, in dem seine bunten Bonbons verbrannt waren, die brennenden Fensterrahmen der elterlichen Wohnung nach dem Bombenangriff, den Küchenherd mit dem offenen Rauchabzug in der Räucherkate, die keinen Schornstein, sondern nur je eine Öffnung in beiden Giebeln hatte, das Feuer im Leimofen der Tischlerei, und den spärlich befeuerten Herd im Behelfsheim.

„Für den kommenden Winter bestellen wir beim Kohlenhändler nebenan – Brikett und Eierbrikett. Er wird zuerst die Brikett liefern. Du machst das Kellerfenster auf und er wird sie hineinschütten. Du stapelst die Brikett an der Wand auf, und am nächsten Tag schüttet er die Eierbrikett davor. So ein Mangel und so eine Situation mit dem misslungenen Baumklau im Januar 1947 soll uns nicht wieder passieren." Diese Worte seiner Mutter drangen wie von Ferne an sein Ohr, und wie im Schlaf antwortete, er:

„Ja, Mama." Sie akzeptierte seine verhaltene Reaktion, denn in diesem Augenblick war sie zu sehr mit ihren eigenen Gedanken beschäftigt. Für den Vorrat an Heizmaterial hatte sie seit Beginn des Jahres Woche für Woche von der Lohnzahlung, die Thomas

nach Hause brachte, etwas vom Lebensunterhalt abgezwackt. Von Zeit zu Zeit zahlte sie es auf ein Sparbuch ein. Privatleute hatten damals weder Girokonten noch Kreditkarten. Nun würde sie nach nebenan zum Kohlenhändler gehen, um Brikett und Eierbrikett zu bestellen – vielleicht dazu etwas Koks und Steinkohle, – falls die Glut einmal über Nacht gehalten werden soll. Gott sei Dank, dass das Lager des Kohlenhändlers seit längerer Zeit voll ist. In dem kalten Winter 1946/47 litten nicht nur sie damals in ihrem Behelfsheim unter der Kälte; auch hier in Hamburg war die Versorgung mit Strom und Heizmaterial sehr gefährdet gewesen. Dem Ersten Bürgermeister war es aber gelungen, gerade rechtzeitig Lieferungen aus dem Ruhrgebiet zu realisieren. Dort wurde damals noch aktiv Kohle abgebaut. Allerdings ging zu der Zeit auch noch *'der Kohlenklau'* um. Leute, deren Wohnung nicht zentral versorgt wurde, sprangen an Langsamfahrstrecken auf die Züge, warfen Kohlen herunter, die dann von Familienmitgliedern oder von Freunden aufgesammelt wurden. Es gab auch einen florierenden Schwarzmarkt. Und die Not trieb die Preise in die Höhe. Zum Glück stabilisierte die Währungsreform die Lage ziemlich schnell. Trude stellte dennoch fest:

„Reich werden wieder nur die Reichen. Wer Sachwerte in die neue Währung herüber gerettet hat, der hat auch Vermögen oder er kann die Sachwerte zu Geld machen. Wir müssen alles neu anschaffen, und wir verdienen auch nicht mehr als andere."

Die Familie gab ihr Recht, musste aber mit der Situation fertig werden. Routinearbeiten verdrängten ihre Gedanken. Die Kohlen kamen – wie bestellt – zur vereinbarten Zeit, und Hannes kümmerte sich – wie besprochen – um die Einkellerung.

****

Der tägliche Einkauf gehörte auch zu seinen Aufgaben und bot nicht viel Raum für eigene Entscheidungen. Das Warenangebot war nicht so üppig wie heute und ihr Tagesetat schmal. Besonders eng wurde der später als die Familie wieder einen Rückschlag hinnehmen musste. Der entwickelte sich so:

Der Sohn des Arbeitgebers von Thomas hatte seinen Meisterkursus bestanden und trat nun als Werkmeister in den Betrieb seines Vaters ein. Für zwei Werkmeister war der Betrieb nicht groß genug, deshalb entschied sich Thomas dafür, künftig einen eigenen Betrieb aufzubauen. Darauf war er allerdings wenig vorbereitetet. Er besaß nur einen Satz eigenes Werkzeug und eine selbst angefertigte Hobelbank – leider auch kein Betriebskapital. Er startete also mit dem Auftrag seines Hausarztes, zur Anfertigung eines Schreibtisches und mietete eine kleine Werkstatt, zu der nur zwei Hobelbänke mit Werkzeugschrank und eine Kreissäge gehörten.

Zum Aushobeln und Abrichten fehlten die Maschinen. Diese Arbeiten musste er gegen Bezahlung in einer anderen Tischlerei durchführen. Dazu luden er und Hannes das Material auf eine 'Schottsche Karre' und fuhren es in die nahegelegene Fremdwerkstatt. Dort stellte Thomas die Maschinen ein und legte das Holz vor, während Hannes es achtsam entgegennahm und für den Rücktransport stapelte. Diese Arbeitsweise war nicht sehr rentabel. Deswegen dienten die Einnahmen nicht nur der Kostendeckung, sondern es mussten auch noch Rücklagen für Investitionen gebildet werden. Eine der ersten Anschaffungen war eine Reiseschreibmaschine. Der Verkäufer kam ins Haus, demonstrierte die Funktionalität, die Robustheit und die Handlichkeit des Produktes. Alle waren überzeugt. Die Maschine leistete gute Dienste beim Erstellen von Kostenvoranschlägen und Rechnungen. Später schrieb Hannes auch seine Bewerbungen um eine Lehrstelle und den Lebenslauf damit.- Für den Lebensunterhalt der Familie blieb jahrelang nichts übrig. Deshalb mussten alle Ausgaben dafür vom Verdienst der Mutter bestritten werden. Sie verdiente zu der Zeit fünf DM pro Tag.

Bevor seine Mutter heimkam, kaufte Hannes also noch ein, was sie ihm morgens aufgetragen hatte. Beim Gemüsehändler konnte er sich ziemlich frei entscheiden. Beim Krämer war es etwas anders. Regelmäßig fragte ihn die Inhaberin über die Theke hinweg:

„Na Junge, was darf es denn sein?"

Ihm blieben nur zwei Antworten:

„Ein halbes Schwarzbrot und 100 g Leberwurst", oder

„Ein halbes Schwarzbrot und 100 g 'Ge kochte. "

Er wusste ja, wie sehr seine Mutter auf jeden Pfennig achten musste und tat willig, wie ihm geheißen wurde. Ihm war dieser immer gleiche Ablauf jedoch sehr peinlich. Von Tag zu Tag fühlte er sich dabei bedrückter. Monate später wagte er die schüchterne Frage an seine Mutter:

„Mama, kann ich morgen zur Abwechselung einmal etwas anderes einkaufen. Immer dasselbe, dabei komme ich mir komisch vor."

Trude verstand sofort und antwortete:

„Ja mein Junge, morgen guck ich einmal selbst, was es sonst noch im Laden gibt."

Sie verlor nie wieder ein Wort über diese Angelegenheit, kaufte aber von da an selbst ein. Hannes merkte, dass sie es seinetwegen tat, aber auch er konnte nicht darüber sprechen.

✳✳✳✳

Familiensinn

Thomas forderte gelegentlich Familiensinn ein. Was der konkret umfassen sollte, verstand Hannes nicht wirklich. Um eine Erläuterung bat er aber nicht. Die sonntäglichen Besuche bei *Onkel Paul* und *Tante Ida* waren vermutlich diesem Familiensinn geschuldet. Onkel und Tante steuerten auch eine Motivationshilfe bei, indem sie den beiden Kindern immer eine *'Sonntagsmark'* schenkten. Inge nahm dieses Geschenk leicht und locker, Hannes verstand es von Anfang an als Ablasszahlung. Onkel Paul und Tante Ida waren auch ausgebombt worden. Jetzt besaßen sie die nachträglich ausgebaute Dachgeschosswohnung in der Schlankreye. Hannes wusste nicht, wie sie die ergattert hatten. Die beiden waren aber mächtig stolz darauf. Trude relativierte auf einem der Heimwege im Gespräch diesen Stolz etwas:

„Nun ja, für die heutige Zeit ist es ein ordentliches Zuhause, aber sie haben keine Warmwasserversorgung, keine Zentralheizung, kein Bad – nur ein WC – und keine geraden Wände. Mein Traum ist immer noch eine große, sonnige Altbauwohnung auf der Etage."

Während Vater und Sohn mit ihrem Holzhaus noch gänzlich zufrieden waren, studierte die Mutter tatsächlich schon wieder
Tag für Tag die Tauschanzeigen für Wohnraum und entwickelte ein Gespür dafür, wer
möglicherweise ein geeigneter Tauschpart-
ner wäre. Sie stellte eine Maxime in den
Raum:

*„Wir brauchen wieder eine vollständige
Wohnung und die Kinder eine 'bessere An-
schrift', wenn sie sich demnächst um eine
Ausbildung bewerben."*
Tatsächlich fand sie zu passender Zeit eine
vielversprechende Anzeige:

*'Biete kl., mod. 2-Zi-WHG, netto kalt 45
DM. Suche billigere!'.*

Trude wusste, bei der jetzigen großen
Nachfrage und steigenden Mieten würde das
schwer. Das war die Chance. Der Suchende
war ein Mann in Scheidung, der nur für sich
eine Bleibe suchte, Frau und Kind waren
versorgt. Die Differenz (45 DM Miete zu 15
DM Pacht) passte. Man wurde sich einig.
Nur Hannes würde in der Wichmannstraße
aus Platzgründen sein Bett in der Küche
haben.

Für Trude war das sowieso nur eine Zwi-
schenlösung. Nach einiger Zeit gelang ihr

durch einen Ringtausch der Umzug in den Friedrich-Ebert-Hof. Damit hatte sich ihr Traumziel aus der Zeit vor der Ausbombung fast erfüllt. Der Restwunsch – eine sonnige Altbauwohnung auf der Etage in Eimsbüttel oder in Eppendorf - blieb allerdings bis an ihr Lebensende unerfüllt.

****

Am darauffolgenden Sonntag lief alles wie gewohnt ab. Der Tisch war schon gedeckt, jeder nahm seinen üblichen Platz ein. Hannes bekam Geld und den Auftrag, Kuchen aus der Konditorei zu holen. Nach seiner Rückkehr begann die Zeremonie des *'Sonntagnachmittags-Kaffeetrinkens'*. Die einzige Aufgabe, die ihm dann noch blieb, war es, für Kaffeenachschub mit einem zweiten Aufguss zu sorgen. In der Küche gab es einen Warmwasserbereiter. Das war ein 5-Liter-Übertischgerät, was den Vorteil bot, dass es bei Frost nicht einfror, weil man es entleeren konnte. Kunstvoll ließ Hannes also nun das heiße Wasser über den Kaffee-satz laufen, damit möglichst viel Aroma für diesen zweiten Aufguss gewonnen werden konnte. Das war zwar eine bescheidene, aber willkommene Gelegenheit, der immer gleichen sonntäglichen Litanei zu entgehen. Hannes verstand zwar, dass der Krieg auch seiner Tante ein großes Leid zugefügt hatte, dass sie es jedoch jeden Sonntag mit fast immer gleichen Worten wieder heraufbeschwor, das konnte er von Sonntag zu Sonntag schwerer ertragen. Er bewunderte seine jüngere Schwester, die brav im Zimmer bei den Erwachsenen blieb. Ihr wurde die große Ehre zuteil, vorsichtig eine der beiden Babypuppen ihrer Tante im Arm zu wiegen. Ja, Hannes hegte den Verdacht, diese beiden Puppen seien eine Art Kindesersatz für die beiden erwachsenen Söhne, die Tante und Onkel im Krieg verloren hatten. Ihr kleiner Kurt hatte gleich zu Kriegsbeginn den Heldentod erlitten, und ihr älterer Sohn Heinrich fiel kurz vor Ende des Krieges in Norwegen 'auf dem Felde der Ehre'. Darüber hielt die Tante dann meist die amtliche Benachrichtigung in Händen.

Noch fünf Jahre nach seinem Tod drängte sie ihren Mann, einen ehemaligen Kameraden zu kontaktieren, um Näheres über den Tod und über seinen letzten Einsatz zu erfahren. Die Sinnlosigkeit dieser Anstrengung wurde Johannes erst richtig klar, als er – Jahrzehnte später –, nach dem Tod seines

Vaters Einblick in diese Korrespondenz erhielt. Er empfand die Formulierungen als schwulstige, geschickt gewählte Floskeln, da der Brief nichts Persönliches über Heinrich enthielt. In immer ähnlichen und weitschweifigen Sätzen redete die Tante monoton über den Tod ihrer Söhne, über die verlorene Wohnung und das ungeklärte Schicksal ihrer verschollenen Mutter:

„Traurig, eine Katastrophe, schwer zu ertragen," pflichteten die Eltern ihr bei. Hannes verstand den Schmerz der Tante. Aber die Tante fand keine Worte dafür, dass ihre verschollene Mutter auch die Mutter ihrer Schwester Ella war, dass auch der Onkel von Hannes an der Westfront gefallen war, und überhaupt, dass in diesem sinnlosen Krieg Millionen Menschen umkamen. Überdies redete die Tante ansonsten auch abfällig über Schwester und Schwager. Da fielen Sätze wie:

„Mein Schwager hat nie etwas Richtiges geleistet. Der ist Pleite gegangen. Das sind Hungerleider. Pumpgenies können wir nicht gebrauchen."

Letzteres sollte womöglich auch eine versteckte Warnung an Thomas sein. Hannes fiel es jedenfalls von Woche zu Woche schwerer, an dem Besuch teilzunehmen. Vermutlich waren inzwischen über hundert solcher Besuche ins Land gegangen. Vielleicht hatte die Tante sie sogar gezählt. Jedenfalls lud sie nach diesen vielen Wochen die Familie auf den nächsten Sonntag zu *'Scholle satt'* in ihr Stammlokal

'Zum Protzenhofer' ein.

Die Schollen schmeckten wirklich köstlich, bald waren sie bis auf die Gräten abgegessen und die Erwachsenen schoben an den

kleinen Flossengräten, die Bauch und Rücken einfassen, das wenige 'Muskelfleisch' ab. Diese Gewohnheit gehörte wohl noch zu ihren Kriegs- oder Kindheitserfahrungen. Hannes fand, dass das nicht zu einer großzügigen Einladung passe. Er rührte den Saumstreifen des Fisches nicht an. Doch Tante Ida bemerkte und bemängelte es mit den Worten:

„Hannes, nun schiebe man auch die Randgräten frei, da sitzt noch zartes Muskelfleisch dran."
Er antwortete gelassen:
„Ich bin aber satt, Tante Ida." Sie:

„Es gehört sich aber nicht, die Scholle ist

so nur halb aufgegessen, ich rufe den Kellner. Der wird das bestätigen."

Der Kellner kam und bestätigte geflissentlich die Worte der Tante; schließlich wusste er, wer die Zeche zahlt. Hannes stand auf, verneigte sich leicht zu seiner Tante und sagte:

„Ich danke für die freundliche Einladung. Adieu miteinander."

Gemächlich verließ er das Lokal. Seine Mutter folgte ihm:

„Junge, komm wieder herein und sei folgsam. Die Tante meint es doch gut mit dir."
Längst hatte Hannes gelernt:

„Anpassung ist gut, aber Anpassung um jeden Preis darf nicht sein!"
So antwortete er seiner Mutter ruhig und bestimmt:

„Nein Mama! Ich verkaufe meine Würde nicht für ein Schollengericht!"

Fortan besuchte Hannes Onkel und Tante nicht mehr.

****

Eine tiefgreifende Veränderung

Die Erwachsenen wechselten nur wenige Worte, und die klangen für Hannes fremd:

„Daar het de Frisör sien Laden. Nu kummt de Bäcker und an uns Siet de School", und später, *„dat daar vörn, dat is uns Sprüttenhus; daar beegt wi af, hier is de Koopmann und denn sind wi ook glieks daar. Nu kummt man erst mol in."*
...

„Dort hat der Frisör seinen Laden. Nun kommt der Bäcker und an unserer Seite – die Schule –, und später, *„Das da vorne, das ist unser Spritzenhaus; da biegen wir ab, hier ist der Krämer und dann sind wir auch gleich da. Nun kommt man erst einmal herein."*
...

Dann gab es Bratkartoffeln zu Abend. Hertha stellte eine Waschschüssel und zwei Handtücher bereit und ergänzte:

„Daar an de Siet, rund Hus, achter de Dör mit dat Hart, dat is uns Plumpsklo. So, nu weet je dat. Trude, du kannst in min Mann sien Bett blank mi slopen. Min Mann is ook in Kreeg. De Jung slöpt op dat Sofa, und de

lütt Deern wohl noch in deen Kinnerwogen."

...

„Dort an der Seite, um das Haus herum, hinter der Tür mit dem Herz, da ist unser Plumpsklo. So, nun wisst ihr das, Trude, du kannst in dem Bett meines Mannes neben mir schlafen. Mein Mann ist auch im Krieg. Der Junge schläft auf dem Sofa und das kleine Mädchen wohl noch im Kinderwagen."

Übersetzung plattdeutscher Texte aus:

Die Kate wird eingerichtet

Hertha machte den Anfang, indem sie sagte:

„Ji makt nu all dree Daag sauber in dat ole Rookhus und kaamt jümmers schietig trück. Hier, ik gev ju een Schötel und twee vun de griesen Handdöker. Trude, dien Vadder het jo noch ein Stück Kernsiep und een Bimstien in sien Kiddeldasch, heb ik seen. Daar blank de Kaat, wo dat na Buer Kahl geiht, daar is een Waterlock. Daar könnt ji Water faten, Hannen und Gesicht waschen, und denn drögt ji ju av. Denn möt ji nich as ein Schosteenfeger dörch dat Dörp lopen."

...

„Ihr macht nun schon drei Tage in der Räucherkate sauber und kommt immer schmutzig zurück. Hier, ich

gebe euch eine Schüssel und zwei von meinen grauen
Handtüchern. Trude, dein Vater hat ja noch ein Stück
Kernseife und einen Bimsstein in seiner Kitteltasche,
wie ich gesehen habe, Dort, neben der Kate, wo es zu
Bauer Kahl geht, ist ein Wasserloch. Dort könnt ihr
Wasser fassen, Hände und Gesicht waschen, und dann
trocknet ihr euch ab. Dann müsst ihr nicht wie ein
Schornsteinfeger durch das Dorf laufen."
...

Nun war das Eis gebrochen. Am nächsten
Tag kam Bauer Kahl und sagte:
„Ik heb hier noch een poor nigel-nagel-
nege Jutesäcke. Stroh kriegt ji bi mi in de
Schüün. Denn hebbt ji wat för de olen Holt-
betten in de Alkovens. Do liggt und slöpt
een good op."
...
„Ich habe hier noch ein paar nagelneue Jutesäcke.
Stroh bekommt ihr bei mir in der Scheune. Dann habt
ihr etwas für die alten Holzbetten in den Alkoven. Da-
rauf liegt und schläft man gut."
...

Übersetzung plattdeutscher Texte aus:

Hannes verreist

Hannes begrüßte den Hund mit der Frage:

„Na, Nelly, hast du mich wiedererkannt?", und wurde seinerseits wenig später von seinem Onkel auch mit einer Frage empfangen:

„Keen kümmt denn daar to nachtslapen Tiden?"

...

„Wer kommt denn da zur Schlafenszeit?"

...

Er wurde nach rechts in die andere Knechtekammer geschickt.

...

„Du büst nu all groot nuch för de Knechtekamer, un wenn vun Nacht de Peer ramentert oder gegen de Wand slogt, do muss du di nix bi denken, de verjaagt man bloß de Ratten. Nu good Nacht", sagte der Onkel und ging.

...

„Du bist nun schon groß genug für die Knechtekammer, und wenn heute Nacht die Pferde Krach machen oder gegen die Wand schlagen, musst du dir nichts dabei denken, die verjagen nur die Ratten. Nun gute Nacht."

...

„Vun Daag mutt ik ton Aftheker. To Foot is mi dat to wied, meist 10 Kilometer een Weg! Do neemt wi de sünndaagsche

Kutsch", sagte der Onkel und 'Hüüh, ging es los.

...

„Heute muss ich zur Apotheke. Zu Fuß ist mir das zu weit, fast 10 Kilometer für eine Strecke! Deshalb nehmen wir die Sonntagskutsche. "

...

„So, düssen Schien giffst du deen Pastor in sien Klingelbütel. Und segg man dütlich wok'een du büst. Und mark di, wenn du in de kamende Ferien wedder kamen willst, denn musst du döft sien.
Heiden könnt wi hier nich bruken. "

...

„So, diesen Schein gibst du dem Herrn Pastor in seinen Klingelbeutel. Sage auch deutlich, wer du bist. Und merke dir, wenn du in den nächsten Ferien wiederkommen willst, dann musst du getauft sein. Heiden können wir hier nicht gebrauchen. "

Übersetzung plattdeutscher Texte aus:

Hannes findet einen Freund

Respektvoll lief Hannes jedes Mal den schmalen Sandstreifen zwischen Stallwand und Jauchekuhle ab, denn beim ersten Mal hatte Peter ihn gewarnt:
„Daar dröfst du nich rinfallen, daar kannst

du in versupen, tominnerst stinkst du ganz bannig und dien Tüch kriggst du dien Leven nich wedder rein."

...

„Da darfst du nicht hineinfallen, darin kannst du ertrinken, mindesten stinkst du enorm, und dein Zeug bekommst du nie wieder sauber."

...

Dann hörte er Lotte, die ihren Sohn um Übersetzung bat:
„Peter, segg Hannes, dat he nu ophörn schall, ans kriggt he vun Abend noch richtig Buukkniepen."

...

„Peter, sag Hannes, dass er nun aufhören soll, sonst bekommt er heute Abend noch richtig starke Bauchschmerzen."

Übersetzung plattdeutscher Texte aus:

Weideschlachtung

An die damaligen Preise erinnert sich Johannes heute nicht mehr – wohl aber an den lebhaften Kuhhandel, der etwa so ablief:
„Moin moin."
„Moin Dach ook."
„Na, is dat nich ein fein Diert?"
„Jau, denn laat uns man över snacken."

Sie streckten jeder den rechten Arm vor und klatschen sich gegen die Handflächen. Ein Ritual, das sich im folgenden Dialog ständig wiederholte.

„Wo veel wullt du denn hebben?"

„Tweedusend Reichsmark."

„Büst wohl mall Mann."

Jetzt gab es keinen Handschlag, der Viehhändler wandte sich ab.

„Na, man een beeten sinnig, segg doch tominnerst wat du geven wullt."

Er drehte sich dem Onkel wieder zu:

„Ölbenhunnert."

„Dat is nich dien Ernst, denn laat wi dat wohl beeter."

„Jau, man du kanns jo wat rünner kamen, afmakt?"

Er streckte die Hand vor.

„Afmakt, denn segg ik Negenteinhunnert slog in."

Handsschlag!

„Negenteinhunnert, dat is to veel. Ik segg twelfhunnertfofftig, slog in."

Handschlag!

„Twelfhunnertfofftig? Dat is noch jümmers nix. Kiek di doch dat Diert mol an. Dat is kerngesund. Dat het hier dat best Fudder, achteinhunnert mutt dat tominnerst bringen."

Handschlag!

„To deen Ersten! – Handslag to deen Tweiten!"

Der Viehhändler zog die Hand weg.

„Nee, nee Mann, so löpt dat nich, man wi sünd jümmers good tosaamen kummen, ik gev die veerteinhunnert."

Jetzt schlug er ihm zweimal gegen die flache Hand, ehe die zurückgezogen wurde. Sie guckten sich gegenseitig fest in die Augen – die Hände am Körper nach unten gestreckt. Die Zeit schien stehengeblieben. Dann – langsam näherten sich ihre rechten Hände – und ... Handschlag!

„Nich dien letzt Wort, denn is dat ook nich mien letzt Wort, man söbenteinhunnert schasst du mi wohl geben."

„Nee Buer, man ik pack noch eenhunnert baben op, denn sünd wi bi foffteinhunnert, ein gode Pries."

Handschlag! Handschlag! Dann zog Onkel Arnulf die Hand weg.

„Dat Diert is meist utwussen, dat het een good Wicht. Sössteinhunnert, und wi sünd eens. Er streckte ihm die rechte, flache Hand entgegen.

„Sössteinhunnert! To deen Ersten! Deen Tweiten! Und to deen Drütten!" Drei Handschläge und sie waren sich einig.

„Good, denn bringt de Jung dat Diert nah Wischhoben in dat Dörp, ik heb di jo seggt, wok'een dat kriggt. Dat Geld bring ik di no Hus. Tschüs, makt dat good."

„Hallo, guten Morgen."

„Hallo, gleichfalls guten Morgen."

„Na, ist das nicht ein prächtiges Tier?"

„Ja, sprechen wir doch darüber."

Handschlag!

„Wie viel willst du denn für das Tier haben?"

„Zweitausend Reichsmark."

„Du hast wohl 'nen Spleen?"

Der Viehhändler wandte sich ab.

„Na, nicht so hektisch, sag doch wenigstens, wie viel du geben willst."

Er drehte sich dem Onkel wieder zu.

„Elfhundert!"

„Das ist nicht dein Ernst, dann lassen wir das besser!"

„Ja, aber du kannst mir entgegenkommen, abgemacht?"

Er streckte ihm die Hand entgegen.

„Abgemacht, dann sage ich neunzehnhundert, schlag ein."

Handschlag!

„Neunzehnhundert, das ist zu viel, ich sage zwölf hundertfünfzig, schlag ein."

Handschlag!

„Zwölfhundertundfünfzig? Das ist noch immer nichts. Guck dir das Tier doch an. Das ist kern-

gesund. Das hat hier das beste Futter. Achtzehn-
hundert muss das wenigsten bringen. "
Handschlag!
   „Zum Ersten! - Handschlag zum Zweiten!"
Der Viehhändler zog die Hand weg. *Nein, Mann. so*
läuft das nicht, aber wir sind immer gut zusammen-
gekommen, ich gebe die vierzehnhundert."
Jetzt schlug er ihm zweimal gegen die flache Hand, ehe
die zurückgezogen wurde. Sie guckten sich gegenseitig
fest in die Augen – die Hände am Körper nach unten
gestreckt. Die Zeit schien stehen geblieben. Dann –
langsam näherten sie ihre rechten Hände – und ...
Handschlag!
   „Das ist nicht dein letztes Wort, dann ist das auch
   nicht mein letztes Wort, aber siebzehnhundert solltest
   du mir schon geben. "
   „Nein, Bauer, aber ich packe noch einhundert drauf,
   dann sind wir bei fünfzehnhundert. "
Handschlag! Handschlag! Nun zog Onkel Arnulf die
Hand weg.
   „Das Tier ist fast ausgewachsen, das hat ein gutes
   Gewicht. Sechzehnhundert, und wir sind uns einig!"

   Sechzehnhundert! Zum Ersten! Zum Zweiten! Und
zum Dritten!"
Drei Handschläge und sie waren sich einig.
   „Gut, dann bringt der Junge das Tier nach
Wischhafen ins Dorf. Ich habe dir gesagt, wer das Tier
kriegt. Das Geld bring ich dir nach Hause. Adieu,
macht es gut. "

Die Personen

Thomas Sydow	Soldat und Heimkehrer
Gertrude Sydow, *geb. Kampe*	Wird Trude genannt. Bewältigt beharrlich, manchmal couragiert, den Alltag für sich und die Familie
Johannes Sydow	genannt Hannes, ihr Sohn
Inge Sydow	ihre Tochter
Anton Kampe	ihr Vater. Beruf: Maler
Ella Kampe	seine Frau
Hella Kampe	deren zweite Tochter
Mieke Sydow	Kriegerwitwe seit dem ersten Weltkrieg. Mutter von Thomas
Frauke Wittke	Bäuerin, Tante von Thomas

Arnulf Wittke	Bauer. Onkel von Thomas

Deren Kinder:

Hinnerk Wittke	gefallen im 2. Weltkrieg
Arnold Wittke	lebt schon außer Haus
Hartmut Wittke	heranwachsend, Jungbauer
Maria Wittke	bald volljährig, Jungbäuerin
Ellen Wittke	die jüngste Tochter, etwas älter als Hannes

Der Erzähler
und andere

Die Namen sind frei erfunden. Irgendwelche Übereinstimmungen mit lebenden oder verstorbenen Personen wären rein zufällig.

****